박완서
티베트 여행기

# 모독

박완서
티베트 여행기

# 모독

초판 1쇄 발행 2014년 9월 30일
초판 2쇄 발행 2014년 11월 3일
개정판 초판 1쇄 발행 2021년 1월 21일
개정판 초판 3쇄 발행 2023년 2월 10일

글 박완서
사진 민병일
펴낸이 정중모
편집인 민병일
펴낸곳 문학판

기획 · 편집 · Art Director | Min, Byoung-il
　　　　　　 Art Director | Lee, Myung-ok

등록 1980년 5월 19일 (제406-2000-000204호)
주소 경기도 파주시 회동길 152
전화 031-955-0700 | 팩스 031-955-0661
홈페이지 www.yolimwon.com | 이메일 editor@yolimwon.com

© 박완서&민병일, 2021
© Fotografie 민병일
© 문학판 logotype 민병일, 2020
Printed in Seoul, Korea

ISBN 979-11-7040-037-0 03810

문학판은 열림원의 문학·인문·예술 책을 전문으로 출판하는 브랜드입니다.

문학판의 심벌인 '책예술의 집'은 책의 내면과 외면이 아름다운 책들이 무진장 숨겨진

정신의 보물창고를 상징합니다.

박완서
티베트 여행기

# 모독

冒瀆

박완서 글
민병일 사진

문학판

**박완서** 1931년 경기도 개풍군 박적골(현재의 개성)에서 태어나 『천자문』과 『동몽선습』을 뗀 후, 서울 매동초등학교와 숙명여고를 거쳐 서울대 문리대 국문과를 다녔다. 1970년 여성동아 장편소설 공모에 『나목祼木』이 당선되어 불혹의 나이로 문단에 나왔다. 고아하게 꾸며진 그의 서재에는 1:50,000 개성 지도가 걸려 있었다. 갈 수 없는 고향, 그리운 박적골의 쪽빛 하늘과 명경 같은 샘물 흐르던 자리가 박완서 문학의 발원지이다. 첼로의 거장 파블로 카잘스가 연주회 끝마다 들려주던 고향 「새의 노래」(카탈루냐 민요)의 감동처럼, 박완서 소설은 저 시원의 고향을 거점으로 녹슨 철책을 지나 유장하게 흐르며 깊은 감동을 준다. 첫 소설집 『부끄러움을 가르칩니다』(1974)와 첫 산문집 『꼴찌에게 보내는 갈채』(1977) 출간 이후 그의 생전 마지막 산문집인 『못 가본 길이 더 아름답다』(2010)까지 수많은 작품집을 내며 다수의 문학상을 받았고, 높은 문학적 성취와 함께 국민작가로 대중들의 많은 사랑을 받았다. 2011년 80세로 작고했다.

**민병일** 서울 경복궁 옆 체부동에서 태어나 서촌에서 자랐다. 독일 함부르크 국립조형예술대학 시각예술학과를 졸업하고 동 대학원 같은 학과에서 학위를 받았다. 홍익대 대학원 겸임교수로 대중예술론과 미디어아트 등을 강의했으며, 동덕여대 겸임교수로 대학원에서 현대미술 등을 강의했다. 시인으로 등단해 두 권의 시집을 냈고, 산문집 『나의 고릿적 몽블랑 만년필』, 사진집 『사라지는, 사라지지 않는』, 『Die Königsgräber von Shilla』(독일 함부르크), 번역서 『붉은 소파』, 모든 세대를 위한 메르헨 『바오밥나무와 방랑자』를 출간했다. 독일 프랑크푸르트 도서전 주빈국 조직위원회 '한국의 아름다운 책 100' 선정위원장을 했다. 독일 노르트 아르트 국제예술전시회에 사진이 당선되어 동 예술제에서 초청 전시를 했고, 같은 해 일본 홋카이도 삿포로 시에서 초청사진전을 가졌다.
산문집 『창에는 황야의 이리가 산다』로 제7회 전숙희문학상(2017)을 수상했다.


이 책은 초자연적인 외경의 마력 앞에서 자기 존재를 되묻는 아픈 해오(解悟) 속의 순례를 그려냈다. 오체투지로 설산과 자갈밭을 고행하는 사람들의 그 만행의 법열을 이방인이 해독한다는 것은 모독일 수 있지만, 전생의 인연 속에서 만났음직한 미치게 푸른 하늘과 뭉게구름, 정복되지 않은 대지와 순연한 사람들의 미소, 부처와 라마의 미라, 그리고 모래바람 속의 침묵까지 사유하여 회화적으로 결정(結晶)지어 보여주는 박완서의 티베트 · 네팔 기행 산문집은, 탁월한 리얼리스트의 지안(智眼)이 그려낸 성(聖)과 속(俗)에 대한 풍경이다.

" 당신들의 정신이 정녕 살아 있거든
우리를 용서하지 말아 주오 "

수박 겉핥기식 외국 여행을 하지 않으려면 미리 그 나라의 문물에 대해 공부를 하고 떠나야 한다는 소리를 많이 들어서 알고 있지만 그대로 해본 적은 없다. 미리 정보를 주고 싶어하는 남의 친절조차 달가워하지 않았다. 처음 보는 것들을 선입관으로 물 가게 함 없이 싱싱하게, 생으로, 느끼고 싶었다. 느낌이 중요하지 지식이야 필요하면 나중에라도 얼마든지 찾아볼 수 있으니까.

어릴 적부터의 버릇일 것이다. 학교 다닐 때에도 예습은 철저하게 안 했다. 복습은 했지만 시험 때문에 억지로 최소한도로 했다.

어떻게 티베트 얘기가 나와 세계문화예술기행이라는 이 거창한 기획에 끼어들게 되었는지 그 자세한 경위는 잘 생각나지 않는다. 네팔은 두어 번 다녀온 적이 있고, 그 나라를 병풍처럼 감싸고 있는 히말라야 산맥을 볼 때마다 저 산 너머엔 뭐가 있을까 생각하곤 했지만, 그 산을 넘을 수 있을 것 같지 않아서 품을 수 있는 동경이었다. 그 산 너머 북쪽 나라는 중국인데 왠지 중국에서 떼어내어 따로 티베트라고 여기고 싶은 것도 그 고장의 강력한 인력(引力)이었다.

내 속셈을 읽고 구체화시켜준 것은 민병일 시인이었다. 나는 손끝 하나 까딱 안 하고 모든 일이 신속하게 진행됐지만 공짜는 아니었다. 갔다 와서 여행기를 쓴다는 조건이 붙었다. 여행기를 쓰려면 내가 제일 싫어하는 예습을 해야 할 것 같아서 몇 번 사양도 하고 앙탈도 하다가 못 이기는 척 여행길에 올랐다. 아따 모르겠다, 공부는 그 시간에 잘 들어두는 게 제일이지 하고 배짱을 부리면서.

민병일 시인이 카메라를 들고 따라나서주었고, 소설 쓰는 이경자, 김영현도 동행이 돼주었다. 즐거울 수밖에 없는 팀이었지만 너무도 엄혹한 자연환경 때문에 내 생에서 가장 고된 여행이 되었다. 노구(老軀)를 이끌고 다닐 데가 아니로구나. 자주 나이를 의식해야 하는 것도 괴로웠다. 그이들에게 폐 끼치는 일이 생길까 봐 늘 조마조마했던 것도 긴장을 유지하는 데 도움이 되었다. 이렇듯 내 몸 추스르기에 바쁘다 보니, 보고 느낀 걸 기록하는 현장 공부도 부실할 수밖에 없었다. 여행 후의 후유증도 오래갔다.

나중에 자료를 찾아가며 복습을 하면 되려니 했는데 그것조차 시일을 놓치고 말았다. 기억은 흐려졌고, 국내에서 내가 구할 수 있는 티베트 자료도 백과사전적인 것에 국한돼 있었다. 원하는 자료는 구해지지 않았다. 나는 순전히 민병일 시인이 꼼꼼하게 찍은 사진을 보면서 기억을 되살려내지 않으면 안 되었다.

이 책은 내 힘으로 된 게 아니다. 나는 시인의 사진에다 설명을 붙이는 정도의 역할밖에 하지 못했다. 사진 찍기 좋은 고장도 아니었다. 사원 내부는 촬영이 금지돼 있거나 큰돈을 요구하기도 했지만, 몰래 찍는 것도 불가능하게 어두침침했다. 늘

뒤에 처지는 민 시인을 기다리며 몰래 사진 찍다 봉변을 당하고 있는 게 아닌가 불안해한 적이 한두 번이 아니다. 자연환경에 대해서야 그런 제약이 없지만 너무 자주 차를 세우고 사진을 찍고 싶어하는 바람에 구박도 받아가며, 그러고는 매일같이 코피를 흘리고 다닌 시인을 생각하면 지금도 안쓰럽다. 그에 대한 안쓰러움이 없었다면 아마 이 여행기는 쓰지 못했을 것이다.

동행해주고 룸메이트까지 돼준 이경자는 또 얼마나 고마웠는지, 그 이질적인 문화와 종교를 체험해보고 친근감을 표현하려는 그의 적극성은 들르는 사원마다 오체투지를 따라할 정도로 남달랐다.

김영현이 끊임없이 웃겨주지 않았으면 무슨 수로 그 혹독한 산소 부족을 견디어냈을까. 그는 우리 모두에게 살아 있는 산소통이었다.

마지막으로 네팔이나 티베트 등 오지 여행을 할 때마다 안내를 맡아준 혜초여행사의 석채언 부장에게도 깊은 감사를 보낸다.

나로서는 애를 쓰느라고 썼건만 결국은 망친 시험지 같은 여행기를 내놓게 된 것을 그 모든 분들에게 송구스럽게 생각한다.


1996년 겨울에

박 완 서

# 박완서를 추억함

-개정판을 내며

## 박꽃 같은 하얀 미소

누군가를 추억하기에는, 로잘린 투렉이 연주하는 바흐의 「골드베르크 변주곡」이나 손때 묻은 서랍을 열어보는 것 같은 브람스의 「클라리넷 오중주」도 좋고, 아이리시한 「대니 보이」도 좋지만, 제격은 뭐니 뭐니 해도 그 누군가 좋아하던 노래를 들을 때이다. 박완서 선생님은 정지용의 시에 곡을 붙인 「향수」란 노래를 참 좋아하셨다. 여행 중에 차 안 라디오에서 그 노래가 흘러나온다거나, 소설가 임철우가 그 노래를 부를라치면 얼굴에 함박웃음을 지으셨다. 그러곤 소녀처럼 살포시 턱을 받친 채 노래의 감흥에 젖곤 하셨다.

노래의 날개 위에 피어나던 선생님의 박꽃 같은 미소는 어디서 무엇이 되어 다시 만날까?

## 티베트 고원의 에메랄드 빛 호수

작가는 낯익은 세계의 풍경을 낯설게 보여주는 언어의 연금술사이다.

작가가 엿본 내밀한 세계는 활자화하여 책으로 엮어질 때 비로소 인생의 노래가 된다. 박완서 선생님이 활자로 남긴 인생의 노래 중, 초원의 바람 냄새와 푸른 공기 냄새 나는 독특한 책이 바로 티베트 여행기 『모독』이다. 책을 펼치면 드러나는 원초적 풍경은, 중국화된 지금의 티베트와는 다른, 티베트적인 티베트가 남아 있던 20여 년 전 모습이다. 주술과 신비와 야성이 살아 있는 해발 5,200미터의 얌드록초 호숫가를 산책하며 선생님이 꾸신 꿈은 무엇일까? 슬라이드 필름에 코를 박고 에메랄드 빛 반짝이던 호숫가를 보면 그녀가 거기 있다.

## 『모독』에 대한 단상

책에 어린 영기(靈氣)는 작가의 정신이 한 땀 한 땀 바느질된 흔적이다.

노작가는 티베트 길을 걸으며 어떤 그리움을 바느질한 것일까. 오직 외로움을 아는 자만이 느낄 수 있는 방랑의 노래가 『모독』이다. 책이 작가의 세계로 들어가는 창이며, 벽이고, 초원이라면, 『모독』은 작가의 인생 순례길에서 빚은 뼈아픈 자화상이다. 예순다섯의 선생님이 고산의 부족한 공기와 날카로운 햇빛, 거친 바람, 변변치 않은 먹을거리와 불편한 잠자리를 감수하고, 멀고 먼 길을 돌아오는 여정이었으니 말해 무엇하랴. 돌이켜보니 티베트에서의 시간들은 묘하게도 우리 생에 낀 모독을 걷어낸 기막힌 날들이었다. 빠른 속도를 먼지처럼 만드는!


## 박완서 선생님의 아름다운 협박(?)

한 작가의 생애가 정지된 낯선 시간 속에서 그이를 추억하는 것은 고독한 일이다.

그것은 누군가의 숨결이 존재하지 않는 현실에서, 그이의 손을 잡던 온기와 몸짓, 걸음걸이, 옷매무새, 미소, 사소한 버릇까지 기억해내기 때문이다. 『모독』 개정판을 다시 내며 그랬다.

활자와 여백마다 되살아오는 티베트에서의 선생님 모습, 그리고 기억의 영사기에서 돌아가는 선생님과의 지난 20년 세월. "선생님! 비자가 나와서 떠나야겠어요." 했더니 선생님께선 천연덕스레 웃으시며 눙치시길, "병일이 네가 책을 만들지 않으면 그냥 여행 다녀온 걸로 하고 책은 없던 걸로 하지."란 협박(?)에, 독일 유학 비자를 받고도 『모독』 만드느라 비자 기한을 홀랑 까먹었던 일.

**그리움을 빚는 문학, 그리고 티베트 여행**

시든 소설이든 문학이란 예술은 그리움을 빚는 공간이다.

오래전 선생님께 '일본 예술기행'을 부탁드리는 자리에서 놀랍게도 당신이 꺼낸 말은 '티베트'였다. "티베트요!" 난 뒷목을 잡고 쓰러질 만큼 기뻤다. 그때만 해도 티베트는 하인리히 하러 같은 모험가나 역마살 깊은 방랑자만 가는 곳이라 알았다. 그런데 예순 중반의 할머니가! 선생님은 작가였다. 하긴 작가만 한 모험가가 어디 있고, 작가만큼 역마살에 뒤엉킨 방랑자가 또 어디 있으랴.

티베트는 선생님의 전생이 불러낸 그리움 같았다. 그래서 선생님은 티베트 하늘의 푸르름 앞에서 "나의 기억 이전의 하늘이었다."라고 고백한 게 아닐까?


## 에테르 혹은 아이테르, 그리고 박완서의 『모독』

에테르 혹은 고대 그리스에서의 아이테르는 어원상 '항상 빛나는 것'을 뜻하는데, '거기로부터 사라질 리가 없는 하늘의 빛'을 의미한다.

지상에 산 모든 것은 시간의 속절없음 앞에서 사라지게 마련이다. 인생이 그렇고 사랑이 그렇지 않은가. 그러나 우주에서 푸른 별이 빛나는 한, 문학과 예술이 꽃과 나무와 공기처럼 존재하는 한, 티베트가 지워지지 않는 한, 소설가 박완서의 『모독』은 에테르처럼 아이테르처럼 남아 있지 않을까. 그것이 문학의 은유가 주는 힘이지 않을까.

어느 날, 생에 모독이 찾아올 때, 하여 가슴에 묵직한 바위가 놓인 것처럼 답답할 때, 삶의 속도가 생의 시간을 추월할 때, 친구여『모독』을 펼쳐보시길!

2014년 가을

# 티베트 고원에 앉아 수첩에 메모하시던 박완서 선생님

-박완서 선생님 10주기에 〈모독〉을 새로 내며

1.

티베트에서 슬라이드 필름에 박힌 박완서 선생님의 모습은 고원 풍경보다 강인하고 아름다운 모습이다. 터키석 빛깔 영롱한 호숫가를 묵상하듯 산책하는 선생님 사진이 그렇고, 흙바람 부는 고원에 앉아 수첩에 메모하시는 선생님 사진이 그렇다. 선생님 살아계실 때 아천동 댁 거실 벽에는 티베트 고원 해발 5,200미터 얌드록초 호숫가를 산책하는 선생님 사진이 걸려있었다. 챙이 넉넉한 파란 모자 속으로 반쯤 드러난 사색에 잠긴 얼굴, 두 손을 가지런히 앞에 맞잡고 묵상하듯 고개 숙인 채 호숫가를 산책하는 선생님은 수도자 모습이다. 선생님은 이 사진을 무척 좋아하셨다. 가슴 시릴 만큼 새파란 하늘과 나무 한그루 풀 한 포기 없는 민둥산, 끝이 없는 길 펼쳐진 지평선으로 선생님과 함께 먼지가 되어 다닌 여행은 생의 축복이었다. 티베트 고원 여행길의 첫날 점심은 얌드록초 호숫가에서였다. 우리 일행은 들녘의 이리떼처럼 모여들어 빵을 뜯을 때 선생님은 저만치 호숫가를 홀로 산책 중이셨다. 나는 피 맛을 본 이리 새끼처럼 빵 한 조각을 입에 물고 앉아 고개만 돌린 자세로 선생님을 향해 황급히 카메라 셔터를 눌렀다. 줌으로 풍경을 당긴 뷰파인더에는 어디서 나타났는지 모를 검은 개 한 마리가 선생님과 함께 산책을 하고 있었다. 현자의 모습이라고 할까. 선생님 생의 "고귀한 단순과 고요한 위대Edle Einfalt und stille Größe"가 묻어나는 이 사진은 작가로서의 품격과 인간적인 소박함이 순간에 담긴 참 아름다운 사람 풍경이다.

2.

사진은 우연성의 미학이며, 롤랑 바르트 역시 사진의 푼크툼(punctum, 라틴어로 점點)은 화살처럼 날아와 우리의 가슴을 찌르고 상처 입히는 우연성이라고 말한 바 있다. 티베트 고원에 앉아

무엇인가 수첩에 쓰시던 선생님 사진을 보면 화살처럼 날아와 가슴을 찌르는 치유할 수 없는 아픔이 느껴진다. 선생님 가신지 10년이 되었지만 사진을 볼 때마다 상처를 찌르는 비수의 정체는 헤아릴 길이 없다. 눈송이처럼 선율이 내리는 에드바르트 그리그의 〈서정소품집〉 중에 '비밀Geheimnis'이란 피아노곡을 듣는 것처럼, 치유되지 않는 선생님과의 사랑의 비밀이란 어차피 비밀로 남을 수밖에 없고, 그것이 생이다. 선생님께서도 생의 비밀을 이야기로 못 다 풀어놓고 별이 되시지 않았는가. 나는 밤하늘에 별이 많은 이유가, 누구인가 별이 되면 그 사람이 간직했던 선하고 아름다운 이야기들도 함께 별이 된다고 믿기 때문이다. 사진첩을 넘기면 티베트 여행으로 또 『모독』 책을 만드느라 늦어진 나의 유학 일정에 미안해하셨던 선생님 얼굴이 떠오른다. 독일 유학을 떠나기 전에 방이동 댁으로 선생님을 찾아뵈었었다. 선생님께서는 한우 등심과 굴비로 저녁밥상을 차리던 중이셨는데 작가가 아닌 어머니 모습이었다. 큼직한 굴비를 직접 손으로 뜯어 내 밥에 놓아주시며 "빨리 공부 마치고 와!" 하셨고, 압생트 빛깔의 독주를 여러 번 건배했는데 선생님의 인자한 눈빛과 따뜻한 미소와

붉어진 눈시울을 잊을 수가 없다. 기억은 마음을 먹먹하게 만드는 회상의 방법으로 사진은 살아있는 자의 가슴을 찌르는 방식으로 누군가와 나눈 사랑의 기쁨과 사랑의 슬픔을 증언한다.


3.

선생님과 함께 했던 이십 년 세월은 여행의 흔적들로 채워져 성채처럼 반짝인다. 하동 평사리가 고적한 옛 마을이었을 적 앵두를 따먹던 때와 섬진강에서 줄 배를 타던 시절로 거슬러 올라, 비포장도로 흙먼지 풀풀 날리던 운주사 다산초당 보길도로 지리산 넘어, 프라하 하이델베르크 비엔나 실크로드로 우리는 바람처럼 여행을 하였으니 역마살 낀 작가임이 분명했다. 1996년 봄이었으니 그때는 요즘처럼 티베트가 잘 알려진 곳도, 교통편이 좋은 곳도 아닌 오지였다. 자그마한 산소통도 륙색에 넣었고, 겨울 스웨터도 입어야 했으며, 먹고 자는 것도 변변치 않았다. 해발 5,000미터가 넘는 고원을 다니는 게 예순다섯의 선생님께선 힘드실 수밖에 없었다. 그러나 선생님께선 짬 날 때마다 야성 넘치는 파란 하늘을 보며 광활하게 펼쳐진

대지를 걷길 좋아하셨다. "타는 사람보다, 뛰는 사람보다, 달리는 사람보다, 기는 사람보다, 걷는 사람이 난 제일 좋다."란 말을 하실 정도니 그럴 만도 했다. 왼팔을 45도 방향 앞으로 저으며 휘적휘적 가만가만 걸으시는 선생님 걸음걸이는 좀 남달랐는데, 여유와 격조가 느껴지는 선생님만의 독특한 보행법이었다. 바쁜 일상일수록 선생님의 걸음걸이를 떠올리며 '걷는 사람이 난 제일 좋다'란 말의 의미를 되새겨본다. 걷는다는 것은 자기 내면을 돌아보게 하고 마음속에 또 하나의 길을 만들어주는 삶의 묘약이지 아닐까 해서다. 세상살이가 때때로 꿈결 같다고 느껴질 때가 있는데, 선생님과 함께 했던 티베트 여행을 생각하면, 언제, 어떻게, 야생으로 가득한 그 길을 걸었을까 하는 생각에 잠긴다. "너무도 엄혹한 자연환경 때문에 내 생애에서 가장 고된 여행이었다."라고 하신 선생님 수첩엔, 아마도 기억 이전 태초 같던 초원의 길과 햇살 한 줌의 아름다움과 인생의 소중함이 무엇인지 적혀있을 것만 같다.

2021년 1월

민병일

티베트 고원에 앉아 수첩에 메모하시던 박완서 선생님

# 티베트 여행기

# 네팔 여행기

# 티베트 여행기

1

햇빛과 먼지

드디어 라싸 공항이었다.

"드디어……."

우리 일행이 티베트 땅에 첫발을 디디며 말이나 눈길로 주고
받은 첫마디였다.

그 다음에 우리가 다같이 한 일은 부랴부랴 선글라스를 끼는
일이었다. 우선 눈부터 가려야 할 것 같았다. 아마 내가 거기서
벌거벗겨졌다고 해도 눈부터 가렸을 것이다. 그곳 햇빛은 그렇
게 거침이 없었다. 라싸에 도착하기 전에 상하이와 성도에서
하루씩을 보냈고, 거기도 쨍쨍한 초여름 날씨였지만 선글라스
는 쓰는 사람도 있었고 안 쓰는 사람도 있었다. 그때까지만 해
도 그 꺼먼 안경은 실용성을 위해서라기보다는 멋내기용이었
다. 티베트의 햇빛이 그렇게 싱싱하게 위협적인 건 아마 하늘

때문일 것이다.

풀솜을 펴놓은 듯 가볍게 둥실 뜬 구름과 대조를 이룬 하늘의 푸르름은 뭐랄까 나의 기억 이전의 하늘이었다. 우리나라의 소위 경제 성장이라는 게 있기 전, 우리나라를 방문하는 외국인이면 으레 당했을, 우리의 하늘 빛깔을 극찬해주길 바라며 퍼붓던 촌스러운 질문 공세를 우리는 아직도 기억하고 있다. 물론 그때의 하늘 빛깔까지도.

티베트의 하늘은 그때의 우리 하늘빛보다 더 가깝고 더 깊게 푸르다. 인간의 입김이 서리기 전, 태초의 하늘빛이 저랬을까? 그러나 태초에도 티베트 땅이 이고 있는 하늘빛은 다른 곳의 하늘과 전혀 달랐을 것 같다. 햇빛을 보면 그걸 더욱 확연하게 느낄 수가 있다. 바늘쌈을 풀어놓은 것처럼 대뜸 눈을 쏘는 날카로움엔 적의마저 느껴진다. 아마도 그건 산소가 희박한 공기층을 통과한 햇빛 특유의 마모되지 않은, 야성 그대로의 공격성일 것이다.

한 사람도 빠짐없이 선글라스를 끼고 붙어 다니는 우리 일행은 영락없는 줄봉사의 행렬이었다. 도착 제일성이 '드디어'라

는 가슴 설레는 감동이었다고 해도, 티베트에 오고 싶어 벼르거나 준비를 오래 한 것은 아니었다. 오히려 기회가 주어졌을 때, 피하고 싶어 주춤거리지 않았나 싶다. 고산병과 극단적으로 엄혹한 자연환경에 대한 막연한 두려움 때문이었다. 몇 걸음 걸어보고 팔짝팔짝 뛰어보았다. 아무 일도 일어나지 않았다. 아주 심각한 얼굴로 숨을 깊이깊이 들이마셨다. 가슴속이 시린 듯 상쾌해졌다. 앞으로도 아무 일도 안 일어날 것 같았다. 우리 일행뿐 아니라 같은 비행기에서 내린 승객들이 모두 멀쩡했다.

공항에 내리자마자 고산병 증세로 몸을 지탱 못하고 쓰러지고, 쓰러지고 나서도 카메라는 놓지 않고 열심히 하늘과 주변 풍경을 향해 셔터를 눌러대더라는 어느 여행가의 이야기는 그럼 과장이었나?

여행사에선 고산병에 대비한 예방약을 이틀 전부터 우리에게 복용시키고 있었고, 산소통도 넉넉히 준비해두었노라고 했다. 그런 만반의 준비가 되레 우리를 불안하게 만들고 있었다. 농담 삼아 누가 먼저 산소통을 끼고 드러누울까 내기 같은 걸 하고 있었는데 다행히 그럴 것 같지는 않았다.

현재의 티베트는 중국 영토다. 서장(西藏) 자치구의 주도(主都) 라싸의 표고는 3,650미터, 티베트에서는 분지에 속하나 우리나라의 최고봉 백두산보다도 1천 미터 가량 높다. 내 생애에서 밟아보는 가장 높은 지대고, 앞으로의 일정을 보면 5천 미터대의 고원을 거쳐 네팔로 넘어가게 돼 있다.

공항에서 라싸 시내까지는 얄룽창포 강을 끼고 93킬로미터, 우리 일행을 마중 나온 차는 닛산 20인승 소형 버스로, 차는 라싸 시내와는 반대 방향으로 역시 강을 끼고 한 시간 가량 달렸다. 나루터가 나타났다. 강 건너에 있는 사미에 사원(桑耶寺)을 먼저 보고 라싸 시내로 들어가는 게 오늘 하루를 효율적으로 보내는 방법이라는 안내원의 의견에 따라서였다. 안내원 석 부장은 티베트를 여러 번 다녀간 적이 있는 등산가고, 불교에 대해서도 조예가 깊다.

얄룽창포 강을 건너는 배 안에서 처음으로 티베트의 보통 사람들과 자연스럽게 섞이게 되어 기분이 좋았다. 모터로 움직이는 목선인데 떠나는 시간이 따로 정해져 있는 것 같지는 않았다. 사람을 가득 태우고 경운기 같은 농기구까지 빈틈없이 배 안을 채우고 나서야 출발을 했다. 해는 중천에 와 있었고 티베트 특유의 걸러지지 않은 원시적인 햇빛이 수직으로 내리꽂히고 있었다. 성도에서 호텔을 출발한 시간이 새벽 5시 15분, 간단한 아침을 싸주었는데 아무도 그걸 먹지 않았고 비행기 안에서 나오는 식사도 손댄 사람이 없었다. 티베트에서 잘 먹잔 생각이 있었던 것도 아니면서 어떻게 그렇게 되고 말았다.

얄룽창포 강은 생각보다 큰 강이었다. 대안의 나루터까지 흐름을 거슬러 사선으로 건너는 것 같았다. 게다가 배가 물속의

모래톱에 걸려 움직이지 않을 적이 잦아 누군가 물속으로 들어가 밀어내지 않으면 안 되었다. 더위를 견디기 위해 뱃전에 걸터앉아 발을 물에 담그는 사람도 생겨났지만 점점 심각해지는 허기증은 어쩌볼 도리가 없었다. 체질상 고프기도 잘하고 부르기도 잘하는 나는 배 속이 무두질을 하는 것처럼 쓰렸다.

평범한 사람 중에도 난관에 봉착했을 때 그 진가를 발휘하는 사람이 있는 법이다. 옛사람들은 그런 사람을 구인(救人)이라고 해서 고해 같은 인생에서 만나기를 소원해 마지않았고 그래서 『토정비결』 같은 데도 자주 등장시켜왔다. 마침 우리 가운데 그런 구인이 있었다. 우리 일행은 석 부장 빼고 열 명이었는데 이 여행을 주선한 시인 민병일, 소설가 김영현과 이경자, 그리고 나까지 네 사람이 문인이고, 나머지 여섯 명은 치과 의사, 사장님, 은퇴한 노부부 등 다양했다. 하지만 그때까지 우리하곤 서먹한 사이였다. 실은 그 여섯 사람이 짜놓은 여행 계획에 우리가 나중에 빌붙어 맞춤한 인원을 만든 셈인데, 공항에서 첫 대면을 한 후 친숙해질 기회가 거의 없었다.

젊은 사장님이 배에 갖고 탄 버너와 라면이 우리를 기아선상에서 구해줬다. 뱃전에 넘실대는 얄룽창포 강물을 길어 올려 끓인 라면 맛은 일품이었다. 그릇이라고는 코펠밖에 없었으므로 라면 봉지를 찢어 고깔처럼 만든 즉석 그릇도 사장님의 뛰어난 순발력이었다. 그러나 그 젊은 사장의 신세를 그 정도만 지고 말았다면 지금까지 그가 뇌리에 구인으로 남아 있지는 못했을 것이다. 여행을 하다 보면 서로 그 정도 신세를 지거나 폐를 끼치게 되는 건 보통이다. 그가 진짜 구인 노릇을 할 기회는 그보다 며칠 뒤에 기다리고 있었으니 그건 그때 가서 말해야겠다.

선상 라면 파티에는 소주까지 나왔다. 술과 음식을 나눈다는 것은 우리끼리뿐 아니라 같은 배를 탄 티베트 사람들과도 단박 마음을 트고 친해질 수 있는 계기가 되었다. 내 곁에는 선하고 친절하고 호기심이 많아 보이는 중년 남자가 앉아 있었는데 코끝이 빨간 게 필경 술꾼이지 싶었다. 그가 벌써부터 홀짝홀짝 마시고 있는 것도 술 같은데 내가 마시는 소주를 바라보는 눈빛이 여간 간절한 게 아니었다. 할 수 없이 한 잔 권했더니 무척 반색을 하면서 그들의 술을 권했다. 우리의 막걸리보다 약간 흐리지만 맛은 막걸리 맛과 비슷한 순한 술이었다. 그는 자꾸 자꾸 그의 술과 우리 소주를 바꿔 먹고 싶어했고, 라면도 맛보고 싶어했다. 그의 가족인 듯싶은 너덧 살 가량의 남자아이에게 초콜릿을 한 갑 쥐어주면서 거래를 그만두려 해도, 그 사람 좋아 보이는 남자는 술에는 좀 츱츱한 편이었다. 그러나 아이는 그런 과자가 처음인 듯 줄 때도 반기는 기색이 없더니 녹아서 손에 묻어날 때까지 쥐고만 있지 입에 넣으려 들지 않았다.

신혼부부도 타고 있었다. 우리 쪽에서 누군가 티베트에 아직도 일처다부제(一妻多夫制)가 남아 있나 알고 싶어하면서 신부에게 그녀도 신랑의 형제를 복수의 남편으로 가질 수 있는지 물어보았다. 신부는 남편이 외아들이니 그럴 수 있을 것 같진 않다고 했다. 그런 신부의 태도는 자국의 문화나 풍습에 대해 어떤 열등감이나 우월감도 없이 담담했다. 대체적으로 이 근방의 농촌 사람들로 보이는 이들은 부자랄 것도 없지만 부족한 것 없이 사는 사람들인 것 같았다. 느긋하고 근심 없고 충족된 표정으로 잘 웃었다. 수양이나 투쟁으로 얻은 것이 아닌 천성적인 자유스러움이 보기에 참 좋았다.

더 신기하고 반가운 것은 우리보다 더 우리나라 사람같이 생

긴 거였다. 그들은, 생활이 편해지고 음식이 서구화되면서 우리도 모르게 용모와 체형이 변하기 전의 조선 사람하고 신기할 정도로 똑같았다. 다른 나라에 왔다기보다는 시간을 반세기쯤 거슬러 올라온 느낌이 들었다. 술과 음식에 의해 서로를 받아들이고, 나아가 서로 간의 마음을 다정함으로 채우려 드는 것까지 닮아 있었다. 얄룽창포 강을 건너는 데 장장 세 시간이 걸렸지만 그 사람들과 친해지고 나서는 지루한 줄 몰랐다.

강 건너에서 트럭으로 갈아타고 30분쯤 시골길을 가니까 사미에 사원이 나타났다. 티베트 불교는 당나라의 문성 공주에 의해 중국으로부터 전래된 후 이 나라의 국교가 되어 독특한 융성의 시기를 맞았는데, 그때 직접 인도로부터 고승들을 불러들여 경전 연구와 번역에 힘썼고, 그에 따라 사찰의 조성도 성행했다고 한다.

사미에 사원은 인도에서 직접 전래된 최초의 불교 사원이라고 하나, 우리에게는 티베트에서 찾은 첫 번째 절이라는 걸로 더 의미가 있었다. 그리고 그 후 우리가 수없이 보게 된 라마 사원과 마찬가지로 우리가 절에 대해 가지고 있는 통념과는 동떨어진 이질감으로 우리를 압도했다.

우리 절은 명찰일수록 명산 중에서도 산 정기가 응집된 산의 숨구멍 같은 곳에 자리 잡고 있기 마련이다. 명찰이 아니더라도 단아하고 조촐한 석탑과 싸리빗자루 자국이 정결한 뜰과, 주변 산천의 수목과 향불 냄새가 어우러진 그윽한 향기와, 허심한 목탁 소리는 찾는 이로 하여금 저절로 옷깃을 여미게 하며, 속세의 욕망이 부끄러이 숨죽이는 깊고도 쓸쓸한 정적의 순간을 응시하게끔 만든다. 이렇듯 절이란 무상무념(無想無念), 무소유(無所有) 등 무(無)의 기품이 숨 쉬는 장소라는 게, 비단 불교도뿐 아니라 대부분의 우리 민족의 심성에 새겨진 절의 인상이다.

티베트의 절은 참배객이 바치는 게 향이나 초가 아니라 버터기름이라서 그런지 우리의 절과는 공기부터가 다르다. 그 냄새는 강렬하고 누릿한 게 동물을 태우는 냄새에 가깝고 그을음이 많이 나서 목이 아리게 공기가 탁하다. 참배객들은 손에 손에 마니차(기도 바퀴)와 버터기름을 들고 있을 뿐 돈도 여기저기 아낌없이 바친다. 그들이 바친 기름은 커다란 양동이 같은 그릇

에 합쳐져 그 안에 수많은 심지를 꽂아놓고 온종일 태운다. 그 때문에 녹아내린 기름으로, 바닥에는 신 바닥이 늘어붙을 것처럼 끈적끈적한 더께가 앉아 있다. 그 바닥 위에서 참배객들은 벌레처럼 몸을 극도로 낮추는 오체투지(伍體投地)로 참배를 한다. 절이 보이는 지점으로부터 오체투지로 절까지 오는 사람도 드물지 않다.

그 겸손하고 선한 순례자들에 비해 부처님들은 너무도 장식적이고 힘이 넘친다. 입술이 붉고 온몸에 정력이 넘치는 금빛 찬란한 부처님들은 관이나 대좌나 기물들이 터키석을 비롯한 온갖 아름다운 보석으로 장식되어 있고, 여기저기 늘어진 휘장이나 칸막이도 울긋불긋 화려한 비단 천이다. 그러나 그을음 때문에 때가 타 보이고, 사람들의 손이 잘 닿는 곳은 새까맣고 반들반들하기가 고약을 발라놓은 것 같다. 인간의 욕망을 적나라하게 표출해놓은 것은 부처님의 표정뿐만이 아니다. 뒤통수만 보이는 부처가 있길래 왜 돌아앉았나 했더니 부처 위에 부처가 올라앉아 즐거움을 나누는 남녀 합환상(合歡像)이었다.

사미에 사원은 평화롭지만 황량한 주위 환경에 비해 그 규모

가 크고 어디서 모여든 사람들인지 참배객들이 발 들여놓을 틈 없이 꽉 차 있는 게 인상적이었다. 절 밖의 너른 마당에서는 참배를 마친 사람들이 둘러앉아 차를 마시기도 하고 담소를 즐기기도 하는 게 마치 시골 장터에서 오랜만에 만난 인근 마을 사람들이 회포를 푸는 것처럼 정겨워 보였다. 사람들과 거의 맞먹게 많은 개들이 여기저기서 낮잠을 즐기기도 하고 어슬렁거리기도 하는 게 한 번도 짖어본 적이 있을 것 같지 않게 순해 보였다.

하나같이 무욕하고 겸손하고 착해 보이기만 하는 이곳 사람들을 바라보며 문득 혼란스러워졌다. 부처와 인간, 성(聖)과 속(俗)이 헷갈렸다. 내가 보기에는 있는 그대로의 저 사람들이 바로 부처로 보이고 절 안의 부처가 훨씬 더 인간적으로 보였기 때문이다. 저들이 부처에게 그리도 열렬하게 그리도 겸손하게 갈구하는 건 무엇일까? 우리가 인간적인 욕망을 초극하려고 몸부림치듯이 저들은 저절로 주어진 성자 같은 조건을 돌파하려고 몸부림치는 게 아닐까 하고.

다시 얄룽창포 강을 건너는 데는 한 시간밖에 걸리지 않았다.

강을 건너 다시 공항에서 라싸로 통하는 길로 접어든다. 옆으로는 줄창 강을 끼고 있고, 꽤 넓은 평야도 나타나고, 그 평야에는 마을이 간간이 보이고, 경작해놓은 밭에서는 푸릇푸릇 작물이 자라고 있고 실개천도 흐르고 있다. 그렇게 말하면 우리의 농촌과 별로 다르지 않은 것처럼 들리겠지만 전혀 아니다. 산 때문이다. 어디서나 첩첩이 둘러싼 산이 보이는데 푸르른 거라곤 풀 한 포기 안 보이는 갈색의 산들이 그렇게 그로테스크해

보일 수가 없다. 생전 처음 보는 산의 원형이다. 우리나라도 거의 산지로 돼 있고, 한때는 남벌(濫伐)로 산이 헐벗은 적도 있었지만, 풀이 자라고 나무뿌리나 등걸이라도 남아 있었다. 그래서 우리는 아무도 산의 원형을 본 적이 없다. 식물한계선을 넘은 높이에 있는 이곳 산은 눈을 이고 있지 않으면 실오라기 하나 안 걸친 맨몸이다. 바위도 없이 갈색 흙으로 된 산들이 우기(雨期)에 파인 자국을 주름처럼, 거대한 발가락처럼, 사타구니처럼

드러내고 대책 없이 서 있는 꼴은 황량과 파렴치의 극치이다. 그 낯선 풍경에는 이국적이라는 말도 그 감미로운 울림 때문에 해당이 안 된다. 딴 나라를 여행하고 있는 게 아니라 딴 천체를 여행하고 있는 것처럼 아득하고 공포스러운 외로움에 사로잡히게 된다.

우리의 눈앞에서 별안간 거대한 흙바람이 일어났다. 천지를 자욱하게 만드는 엄청난 바람이었다. 나뭇잎이나 휴지 조각 등 불순물이라고는 아무것도 안 섞인, 흙이라기보다는 자욱한 먼지의 소용돌이가 시야를 위협적으로 가로막는다. 문득 태초의 혼돈이 바로 저런 것이 아니었을까 싶어진다. 혼돈의 입자를 안개나 연기처럼 상상하곤 했었는데 먼지였을 것 같다. 먼지란 흙의 다름 아니고, 흙이 모든 생명의 근원일진대 생명 이전에 혼돈이 있었다는 게 납득이 된다. 흙바람을 통해서 어렴풋이 산의 원형이 드러나기 시작하는 것도 창조의 시초를 보는 것 같다. 그러나 한편 너무도 황량하고 쓸쓸하여 시초가 아니라 종말의 풍경이 아닌가 싶기도 하다. 지구가 마침내 생명을 품을 수 없을 만큼 지치고 노쇠하면 저런 모양으로 먼지로 풍화

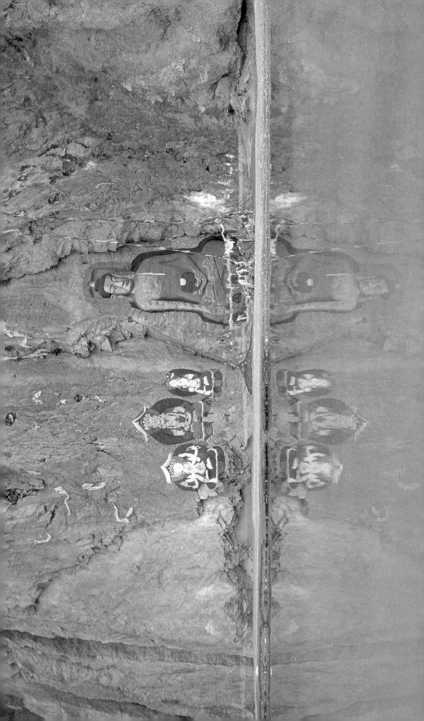

해버릴 것도 같다. 종말인 듯 시초인 듯, 이 이상한 나라에서는 종말과 시초가 맞닿아 있는지도 모르겠다. 꼬리에 꼬리를 물고 순환하는 억겁(億劫)의 시간 속에서 존재가 풍화 직전의 먼지보다 하찮게 여겨진다.

라싸 교외에서 거대한 마애불을 보았다. 공항에서 라싸로 가는 길 왼편에 있는 평지에 우뚝 솟은 벼랑에 새겨진 마애불은 몸체는 황금빛으로, 왼쪽 어깨만 걸친 가사는 주황색으로, 들고 있는 바리는 남색으로 채색된 거였는데 그 빛깔이 방금 칠해놓은 것처럼 선연했다. 몇백 년 전 건립 당시의 칠을 한 번도 덧칠한 일이 없다고, 안내인은 티베트 염료의 우수함을 자랑했다. 지나가던 티베트 사람들은 진언(眞言) '옴마니반메홈'과 채색 마애불이 새겨진 바위를 향해 합장도 하고 오체투지도 하고, 우리는 거기서 잠깐 쉬면서 사진을 찍었다.

모래바람이 걷히면서 멀리 라싸 시내의 모습이 신기루처럼 나타났다. 차들의 왕래에도 아랑곳없이 오체투지로 포장도로를 가고 있는 순례자들의 모습이 조금씩 불어나고 있었다. 지방에 사는 티베트 사람들은 라싸의 조캉 사원(大昭寺)과 포탈라 궁을 일생에 한 번 참배하는 게 소원이라고 한다. 걸어서 순례 길에 나선 순례자들은 멀리 포탈라 궁의 아름다운 금박 지붕이 보이면 거기서부터 오체투지를 시작해 라싸에 이른다. 우리 상식으로는 걸어서 거기까지 오는 데 며칠, 몇십 일이 걸렸으면, 목적지가 바라보인다 싶으면 힘이 나서 뛰든지 조급한 마음에 차라도 얻어 타고 싶으련만 온몸을 던져서 땅을 기는 오체투지라니. 시간 관념의 차이일까, 목적과 과정에 대한 가치관의 차이일까.

숙소인 홀리데이인의 저녁 식사는 뷔페식이었다. 여행사 측에서 마련한 김치가 나왔다. 출국할 때 김포공항에서 샀다고 했다. 여행 중엔 그 나라 음식과 친해지는 것도 중요한 관광이라고 생각하지만 지치고 배고픈 끝이라 반가웠다. 그러나 외국에서의 김치 냄새는 암만해도 주위의 눈치를 살피게 만든다. 웨이트리스 아가씨에게 부드럽게 웃어 보이는 걸로 미안한 마음을 대신하려고 했는데, 아가씨 쪽에서 먼저 "뷰티플 뷰티플!" 하면서 감탄을 했다. 김치의 미적 가치까지는 생각해본 적이 없기 때문에 뜻밖의 찬사였다. 아마 김치 빛깔이 그들이 좋아

하는 '라마 레드'하고 유사해서 그런 친근감을 느낀 게 아니었을까. 우리도 티베트 아가씨의 상냥한 마음씨에 친근감을 느꼈다. 그날 저녁 더욱 행복했던 것은 아직은 낯설고 뜨악하기만 한 티베트 음식 가운데서 콩나물 무침을 발견한 것이었다. 모양뿐 아니라 맛도 맛깔스럽게 무친 우리의 콩나물 무침하고 어쩌면 그렇게 똑같은지. 식문화에서 동질성을 발견한 것은 세상에서 제일 이상한 나라에 온 것 같은 이질감을 해소하는 데 많은 도움이 되었다.

불가사의

포탈라 궁은 라싸 시내 어느 곳에서나 볼 수 있는 비할 데 없이 장려(壯麗)한 궁전이다. 그 안엔 천 개가 넘는 방이 있다고도 하고 999개의 방이 있다고도 한다. 천보다 구백구십구가 발음하기가 복잡해서 그런지 수적으로 더 많다는 느낌을 준다. 제일 높은 건물이 13층이나 되고 높낮이와 빛깔이 다른 건물들이 아름답고 조화롭게 배치돼 있다. 흰 궁전을 백궁, 붉은 궁전을 홍궁이라고 부르고 지붕은 금빛 찬란하다. 그렇게 어마어마하게 큰 궁전이 시내를 굽어볼 수 있는 언덕 위에 있으니, 궁전이라기보다는 난공불락의 요새를 방불케 한다.

티베트 사람들의 사는 형편이나, 거의 몸에 지닌 것 없이 단벌옷으로 먼 순례길에 나선 순례자의 모습으로 미루어 짐작컨대 이 지구상에서 가장 단순 소박한 생활 방식이 몸에 밴 민족

같은데, 어떻게 저런 궁전을 지을 엄두를 냈을까. 그들이 그렇게 사는 건 청빈을 취미로 타고난 특별히 고상한 민족이라서가 아니라 불모의 땅과 가혹한 기후 조건하에서의 최선의 생존 방식이었다고 생각할 때 더욱 이 호화를 극한 궁전은 납득이 잘 안 된다.

내부에 발을 들여놓으면 그런 의문을 곱씹을 새 없이 그 현란함에 질리고 만다. 실내가 어둑한 게 오히려 다행이다 싶게 금은보석으로 칠갑을 한 석가모니 부처님과 역대 달라이 라마의 불상과 영탑, 현란한 극채색 변화, 면이나 비단에 그리거나 수놓은 만다라, 우아하고 신비한 생활상, 아름다운 기둥과 문 등이 무진장 계속되니까 나중엔 좀 멀미가 날 것 같아진다. 순례길이 꼬불꼬불 복잡하고 어둑시근한 계단이 많은 것도 쉬 피곤해지는 원인인 것 같다. 그러나 어느 틈에 옥상에 이르러 한눈에 들어온 라싸 시내를 조감하는 맛은 상쾌하고도 감개가 무량하다.

가장 검소한 민족이 가장 화려한 궁전을 가졌다는 걸 어떻게 생각해야 할까? 절대 권력자에 의한 무자비한 착취의 산물이라는 안이하고 상투적인 생각은 어쩐지 이 신심 깊은 민족에겐 안 맞을 것 같다. 인간에게 있어서 종교적인 열정처럼 불가사의한 심연도 없지 않을까. 이건 궁전이 아니다. 이곳 또한 사원이 아닐까. 왜냐하면 달라이 라마는 티베트 민족에게 정치적인 왕이 아니라 부처의 환생이라고 믿어지는 법왕이니까.

또한 이곳은 티베트 민족의 종교와 역사와 문화와 기술이 총집결된 박물관이기도 하다. 그들이 민족적인 열정을 바쳐 증거한, 그들 문화의 독창성과 우수성이 있었기에 중국에 의해 주권을 빼앗기고 달라이 라마가 망명한 지 40년이나 되는 오늘날까지도 우리는 티베트를 중국의 서장성(西藏省)이라고 생각하려 들지 않는다. 여기로 떠나오면서 나는 사람들에게 티베트 간다고 으스댔지 중국 간다고 하지 않았다. 사람들 또한 거긴 여행하기 힘든 나라라고 하던데, 하면서 주권 국가 취급을 했다. 높고 독특한 정신문화는 강력한 군사력 이상으로 정복하기 힘들다는 본보기처럼 티베트는 고독하고 의연하게 여기 존재하고 있다.

포탈라 궁이 지어진 것은 17세기 중엽 티베트를 통일하고 정

치와 종교의 양대 권력을 장악한 달라이 라마 5세에 의해서라고 한다. 머나먼 순례길을 오체투지로 걸어와 중요한 영양 공급원인 버터기름과 꼬깃꼬깃한 지폐를 아낌없이 바치는 이 나라 사람들의 종교적 열정을 보면 알 수 있듯이 한창 불교 문화가 꽃피고 국위가 고양됐을 때 그들이 무엇을 아꼈겠는가. 노역을 바치는 데에도 자발적이고 열정적이었을 것이다.

티베트 불교에 큰 영향을 받은 몽고를 비롯한 주변 국가로부터 기꺼이 재물이 바쳐졌을 가능성도 추측할 수 있다. 포탈라 궁 벽화엔 뱃길로 석재와 목재가 실려 들어오는 여러 가지 활기찬 장면들을 재현해놓고 있다. 포탈라 궁은 얄룽창포 강 지류를 낀 암벽 위에 있다. 국토의 대부분이 식물한계선보다 높아 목재가 귀한 이 나라에서 어떻게 목재를 철근 삼아 이 거대한 궁전을 건립할 수 있었을까, 하는 의문의 해답도 수상 교통의 편리에서 찾아야 할 것 같다. 포탈라 궁은 철근이 하나도 안 들어가고 돌과 나무만 가지고 지은 고층 건물이 3백여 년 동안 끄떡없이 유지되는 걸로도 세계적인 불가사의에 들어간다는 게 안내원 석 부장의 설명이다. 티베트의 얼마 안 되는 삼림 지

대와 부탄 등 주변 국가에서 나는 주니퍼 나무(삼나무의 일종)가 그렇게 단단하다고 한다.

옥상에서 한숨 돌리고 나서 달라이 라마의 거실을 보는 기분은 착잡하다. 상식적으로 박물관이란 선인들의 문화유산이나 예술품이 보관돼 있는 곳인데 이 거실은 현재 인도에 망명해 있는 달라이 라마 14세의 방이다. 그러면 포탈라 궁은 사원도 박물관도 아닌 빈집인가? 남아 있는 그의 침실, 거실, 접견실, 종교 용품, 생활용품 등도 더도 말고 덜도 말고 포탈라 궁의 다른 방과 마찬가지로 호화찬란하고 원색적이다. 그럼에도 불구하고 빈집, 빈방의 쓸쓸함을 읽어내고 싶은 건 이방 나그네의 부질없는 감상인가?

귀로에 길고 가파른 돌계단을 걸어 내려올 때는 몰랐는데 사진을 찍기 위해 다시 몇 계단을 올라가려니까 다리가 떨리면서 골치가 띵해지더니 느글느글 토할 것 같아졌다. 궁 안에서도 때때로 그런 멀미기가 왔었기 때문에 하도 복잡하고 현란한 걸 많이 봐서 그러려니 했다. 그러나 안내원은 그게 고산병 증세니 오르막길에서는 절대로 서둘지 말고, 한 계단을 오를 때마

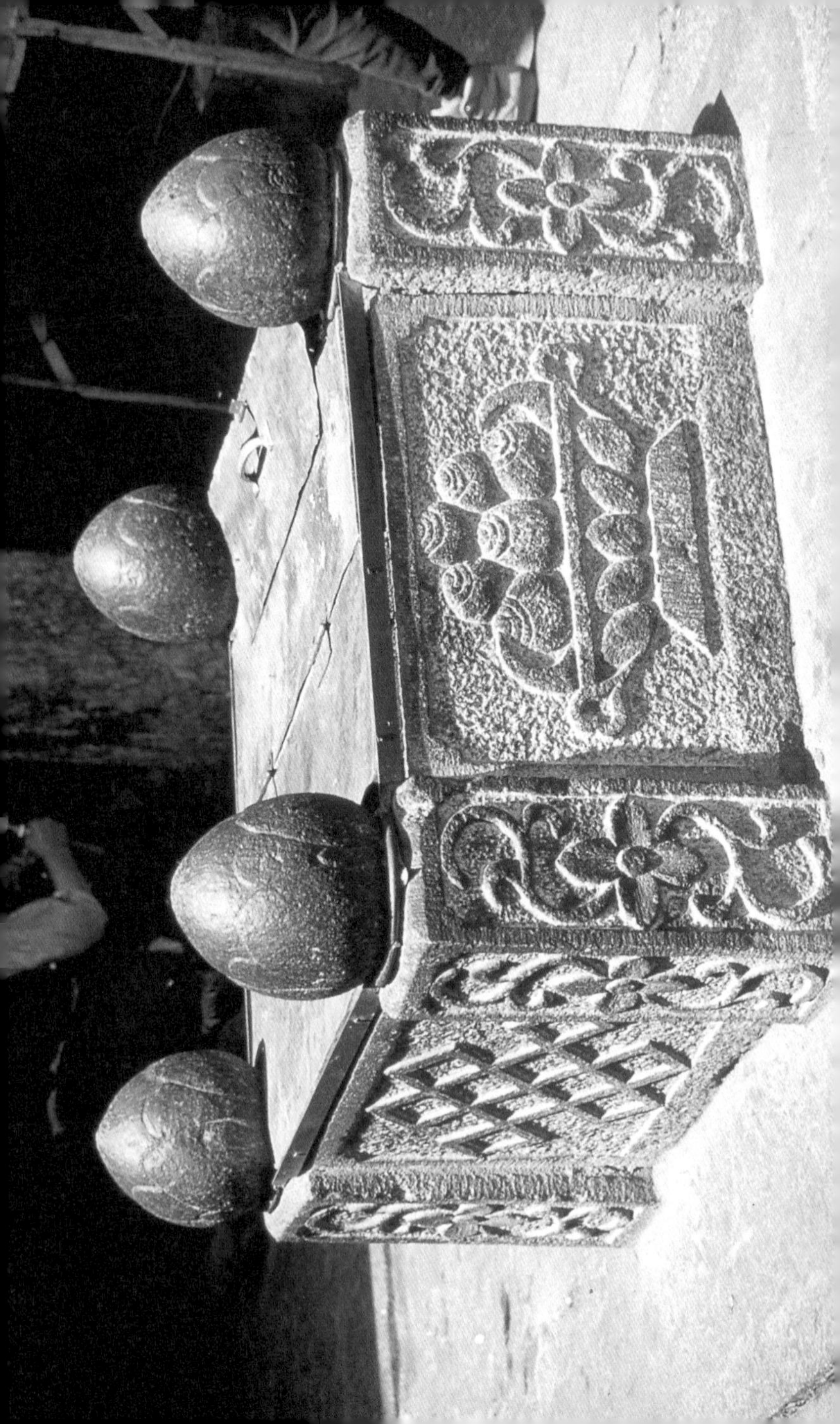

다 숨을 깊이 쉬면서 천천히 걸으라고 했다. 이 나라의 평균 표고가 4,500미터인 걸 감안하면 라싸는 분지에 속하는데도 이러니 앞날이 걱정이었다.

아직 산소통을 낄 지경에 이른 사람은 안 생겨났지만 다들 물은 열심히 마시고 있었다. 우리 버스 안에 가장 많은 자리를 차지하고 있는 게 물통이었다. 평상시보다 많은 물을 마시는 게 가벼운 고산병에는 최선의 예방책이라는 소리를 듣고부터 우리는 물에서 산소를 취하는 어류처럼 온종일 물을 마셔 댔다. 사람은 호흡을 할 때마다 수분을 배출하게 되는데, 기후가 건조한 티베트에서는 빨래가 잘 마르듯이 그 양도 많아지는 모양이다. 따라서 혈액의 농도가 짙어지게 되고 그게 심장에 부담을 주는 게 고산병 증세라고 한다. 그러나 많은 물로 체액이 묽어져 침까지 짐짐하고 싱거워진 기분도 결코 좋은 건 아니었다.

다음은 티베트 불교의 총본산이며 티베트 최대의 사찰이자 이 민족의 정신적 구심점인 조캉 사원(大昭寺).

이 절은 7세기경 티베트를 최초로 통일한 토번 왕국(吐蕃王

國)의 송첸캄포 왕이 왕비 문성 공주가 당나라로부터 가져온 석가모니불을 모시기 위해 창건했다고도 하고, 왕의 사후 공주가 선왕을 기려 창건했다고도 전해지는 절이다. 문성 공주는 당나라 현종의 딸로 멀리 토번국까지 시집온 걸 보면 그때의 토번국의 강력한 국력을 짐작하게 한다. 티베트가 세계 역사상 처음 등장하는 것도 아마 송첸캄포 왕 때부터일 것이다. 문성 공주가 당나라에서 가져왔다고 전해지는 석가모니불이 조캉 사원의 본존불이고 티베트 사람들의 열렬한 신앙의 대상이다. 그러니까 티베트 불교는 인도로부터 전해지기 전에 당나라에서 전해진 것이다. 그래서 사미에 사원과 조캉 사원의 창립 연도도 1세기쯤 차이가 난다.

조캉 사원의 규모는 엄청나다. 티베트 달력으로 불교의 축제 기간이라고는 하나 절의 안팎이 온통 인산인해(人山人海)이고 어쩌다가 볼 수 있었던 오체투지가 절 경내에선 거의 보편적인 보행 방법이다. '옴마니반메훔'을 끊임없이 중얼거리면서 담처럼 에워싼 마니차를 돌리며 절을 한 바퀴 돌기도 하고 오체투지로 한 바퀴 돌기도 한다. 너른 마당을 지나 절의 정문으로 들

어서면 다시 돌을 깐 중간 마당이 나오고 붉은 가사를 걸친 라마승들이 마당 가득 앉아서 독경을 하고 있다. 높은 자리에 앉은 승이 고승 같아 보이나 설법을 하는 것 같진 않다. 독경을 하는 승려들도 자기들끼리 사담도 주고받고 관광객을 보고 웃기도 한다. 엄숙하거나 강제성이 있어 보이지 않는다. 계율에 짓눌리지 않는 산만한 모습이 속인들의 열광적인 신앙과 묘한 대조를 이룬다.

절은 널따란 중간 마당을 둘러싼 미음자 구조로 돼 있다. 중간 마당의 빈자리를 비롯해서 중간 마당을 에워싼 여러 채의 불당마다 오체투지로 부처를 경배하고 소원을 비는 선남선녀들로 발 디딜 틈도 없다. 그들이 뿜어내는 신앙의 열기와 여기저기 엄청나게 큰 그릇에서 타는 버터기름의 냄새, 그을음으로 숨이 답답하고 목구멍이 갈라질 듯 아려온다. 바닥은 기름때로 더께가 앉아 콜타르를 칠해놓은 것 같다.

부처님의 계보에 정통하지 않고는 누가 누군지 구별이 안 되는 많은 부처들 중에는 이 나라 불교를 중흥시킨 총카파와 그를 이은 역대 달라이 라마의 불상들이 노란 모자를 쓰고 안치

돼 있다. 퇴폐로 기우는 티베트 불교를 개혁한 총카파가 노란 모자를 쓰고부터 그 파를 황모파(黃帽派)라고 하는데, 그 세력이 역대 달라이 라마를 통해 이어져오고 있는 티베트 불교의 가장 큰 종파라고 한다.

여기 있는 부처들은 사미에 사원의 부처들보다 더 장식이 사치스럽고 표정이 화려하다. 입술은 붉고 눈빛은 정열적으로 번들대고 볼은 육감적이다. 전체적으로 힘이 넘친다. 이 안이 숨막히는 것은 버터기름과 신도들의 열렬한 신심 때문만이 아니라 불상들이 내뿜는 강렬한 에너지 때문이라는 생각이 들 지경이다. 불상의 호화찬란함이 극에 달한 게 이 절의 본존불인 석가모니불이다. 문성 공주가 당나라에서 가져왔다는 불상인데 금빛 찬란한 얼굴만 빼고는 터키석, 마노, 비취, 청옥, 홍옥 등으로 정교하고도 장중하게 장식돼 있다. 티베트 불교의 신심뿐 아니라 공예 미술의 정수를 거기 총집결해놓은 것 같다.

그러나 화려한 비단이나 면으로 된 천들은 부처님이 걸치고 있는 의상이건, 휘장이나 칸막이건, 만다라건, 장식을 위한 수예품이건 간에 더럽게 그을리고 손이 닿은 곳은 두껍고 반들반들하게 때가 끼어 있다. 천 몇백 년 전 것이라고는 믿어지지 않는 본존불의 찬란함과 대조적이다. 오직 때만이 세월을 느끼게 해준다고나 할까.

호기심 많은 이경자는 여기서 티베트 사람들이 하는 대로 하얀 명주 스카프를 사서 부처님께 바치고 오체투지를 어찌나 유연하고 성의 있게 하는지 우리 모두 놀라고 신기해했다. 그는 아마 우리가 아무 탈 없이 이 힘난한 여행을 끝마칠 수 있기를 빌어주었을 것이다. 어딜 가든 방문객은 그 주인 마음에 들어야 신상이 편해지듯이 우리도 이 땅에서는 이 땅의 실질적인 권력자 마음에 들려고 노력하는 게 순서일 듯싶었다.

조캉 사원의 벽화 중 특히 인상적이었던 것은 후덕하고 치장이 화려한 부처님과, 광배나 법륜 그리고 연꽃, 구름 등 부처님과 잘 어울리는 배경 안에 전체적인 구도나 조화와는 상관없이 그려넣은 부처님의 눈이었다. 같은 모양인 불안(佛眼)은 티베트나 네팔의 불탑에서 흔히 보는 거였지만, 거기 공중에 뜬 것처럼 그려넣은 두 눈은 쏘는 듯 생생하면서도 구도상으로나, 색채에 있어서나 왜 그게 거기 있어야 하는지 납득이 안 되게 튀

었다. 티베트인 안내원의 설명인즉 그건 처음부터 그려넣은 게 아니라 돌연 거기에 저절로 나타난 거라고 했다. 상당한 고등교육을 받은 것으로 보이는 그녀에게 당신도 그걸 그대로 믿느냐고 물어보았더니 물론 믿는다는 대답이었다. 그녀가 그렇게 대답했을 때 우리의 표정에 약간의 경멸이 스치지 않았었나 싶다. 입장을 바꾸어 생각해보니 기적이나 신비화 경향은 어느 종교에나 있게 마련인데 그렇게 드러내놓고 딱하다는 표정을 지을 건 뭐였을까, 뒤늦게 후회가 되었다.

조캉 사원 마당에 있는 오래된 우물은 그 사각형의 돌 장식이 고풍스럽고도 아름다웠다. 뿐만 아니라 아직도 사용할 수 있는 우물이었다.

조캉 사원 밖은 라싸 시내 제일의 번화가여서 발길을 옮길 수가 없을 정도로 많은 사람들이 붐비고 있었다. 이곳 사람들의 생활용품 및 토산품, 장신구, 불구 등을 팔고 있어서 관광객으로서는 놓치기 아까운 시장통이었다. 그러나 주로 관광객을 상대로 구걸하는 어린이와 애를 업거나 안은 부녀자들 때문에 발길을 제대로 옮길 수도 없었다. 하도 집요하게 따라붙는 아이가 있길래 떼어버리려고 5원짜리를 한 장 주었더니 그게 잘못이었다. 수많은 아이, 어른이 에워싸서 오도 가도 못하게 만들었다. 5원씩이나 주는 게 아니라고 했다. 악몽 같은 순간이었다. 끈질기게 구걸하는 그들 또한 티베트의 숨길 수 없는 또 하나의 얼굴이었다.

달라이 라마의 여름 궁전(노블리카)에 갔을 때는 일행이 다 지쳐빠져서 쉴 자리만 보였다. 지금은 시민 공원으로 쓰는 그 안에는 티베트 유일의 동물원도 있다고 들었으나 그보다는 오랜만에 보는 나무 그늘이 반가웠다. 그 안에 배치된 건물은 외양이 단조롭고 소박해 보였지만 휴식 공간으로 꾸며진 넓고 푸른 숲은 갈색의 산에 익숙해진 눈에는 그 어느 곳보다도 사치스러워 보였다.

3

# 시인의 절창<sub>絶唱</sub>

라싸를 떠나면서 나도 모르게 돌아보고 또 돌아보게 되었다. 내 생전에 다시 올 것 같지 않아서였을까. 그러나 만약 이 도시에 로마의 트레비 분수 같은 게 있다고 해도 동전을 뒤로 던지는 짓 따위는 안 했을 것이다. 충격적인 도시였지만 또 올 엄두가 나지는 않았다. 장려한 포탈라 궁의 지붕이 신비하게 빛나고 있었다. 포탈라 궁이 경이로웠던 까닭은 그 특이한 미와 어마어마한 규모와 신비한 축조술 때문만이 아니라, 기껏 유목민의 후예거니 은근히 얕잡았던 티베트 민족을 대단한 문화 민족으로 격상시키지 않을 수 없게 된 충격 때문이 아니었을까.

　라싸에서 장채로 가는 길은 점차 고도가 높아지면서 광막한 들과 아무것도 자라지 않는 갈색 산이 파도처럼 이어질 뿐이다. 중학교 때던가 초등학교 때던가 지리 시간에 중국 땅을 그

리면서 티베트 고원이란 데는 덮어놓고 암갈색으로 뭉개놓던 생각이 났다. 해안선을 따라 평야는 녹색, 강은 하늘색, 산지는 갈색으로 칠하곤 했는데 세계의 지붕이라는 티베트 고원은 왠지 갈색만 가지고는 성이 차지 않아 암갈색으로 칠하곤 했었다. 뭘 알고 칠한 게 아닌데 그때 칠한 크레용 색과 너무도 닮아 있어 슬며시 웃음이 났다.

버스가 가고 있는 길은 우리나라로 치면 국도에 해당하는 길일 듯한 포장도로다. 포장도로 양편에 늘어선 전봇대가 재미있다. 갈수록 좁혀가며 벽돌을 위로 쌓아올린 전봇대는 경주의 첨성대를 홀쭉하게 만든 것 같은 모양을 하고 있어 친근감이 느껴진다. 나무가 얼마나 귀했으면 전봇대 하나하나에 저런 공을 들였을까 싶기도 하지만, 꼭 나무가 귀해서 흙벽돌 전봇대를 만든 건 아닐지도 모르겠다. 평야라기보다는 원야(原野)라고 할밖에 없는 창조될 당시의 땅 모습 그대로의 들판에서 튀지 않고 잘 어울리려면 그 밖에 딴 도리가 없었을 것 같다. 외부 세계의 어떤 문명도 이 거대한 원시에 들어오려면 최소한 저 전봇대만큼이라도 겸손한 위장을 해야 하지 않을까.

길 반대편에는 시멘트 전봇대가 생기기 전의 우리나라 전봇대와 같은 통나무 전봇대가 서 있다. 근래에 근대화된 거라고 한다. 중국의 통치하에 들었으니까 그 근방에서 나는 것만 가지고 살지 않아도 되는 모양이다. 그러나 라싸에서 멀어져 농촌으로 갈수록 사는 모습은 목축과 농업을 겸한 완전한 순환과 자급자족 형태다. 그들이 걸치고 있는 건 양복이건 야크 털로 짠 치마 모양의 거친 모직이건 1년 내내 안 갈아입은 것처럼 충분히 더럼이 타 있다.

우리가 여행하는 동안은 5월 말에서 6월 초에 걸쳐서였는데 기온이 낮에는 쾌적하다가도 밤에는 뚝 떨어져 꽤 추웠다. 호텔에도 난방 시설이 돼 있지 않아 밤에 오들오들 떨다가 스웨터에다 양말까지 껴 신고서야 잠이 든 적도 있다. 그러나 이 비할 데 없이 광활하고 거친 땅 창탕 고원에도 봄은 오고 있었다. 물 흐르는 시내가 있고 야크가 쟁기질을 하고 있는 경작지가 나오면 어김없이 마을이 보인다. 농가는 벽을 희게 칠한 단층이고 지붕도 경사가 없는 평면이다. 창이나 지붕을 두른 테는 검정이나 붉은색, 청색 등으로 칠하고 꽃무늬나 장식 문자 같

은 것으로 모양을 낸 집도 적지 않다. 워낙 모양내기를 좋아하는 사람들이다. 모양내는 데는 남녀와 노소에 별 차이가 없다. 구걸하는 아이나 아이 엄마도 터키석 귀걸이나 목걸이를 주렁주렁 걸고 있다. 심지어 벌거벗은 아이도 팔찌는 하고 있다. 거친 모직으로 된 전통 의상을 입고 긴 머리를 기다랗고 탐스러운 붉은 술로 장식한 남자들은 수탉처럼 당당하고 멋있다.

들에서 밭을 가는 야크들까지 잔뜩 멋을 부리고 있다. 머리나 목에다가 붉은 술이나 헝겊으로 화려한 장식을 하고 일하는 야크를 보고 있으면 그들이 티베트 농촌에서 얼마나 중용(重用)되고 있는 가축인지 짐작이 된다. 야크는 황소보다 몸집이 크고 순하고 힘이 세나 티베트 민족처럼 산소가 희박한 기후에 적응이 잘되어 오히려 평지에서는 살지 못한다고 한다. 살생을 잘 안 하기로 알려진 티베트 사람들도 야크 고기는 먹는다. 피까지 다 먹는다고 한다. 생으로도 먹고 주로 말려서 먹는다. 오장육부도 식용으로 쓰이고 그 밖의 쓸모로도 버릴 것이 하나도 없어 털은 모직물이 되고 뼈는 공예품을 만드는 데 쓴다. 목걸이, 팔찌, 그릇, 부처, 안 만드는 게 없다. 겉으로 본 질감은 목공

예품하고 비슷하다. 뭘로 만들었나 이리저리 만져보면 주인은 영락없이 "야아크 보온, 야아크 보온" 하고 소리친다. 나무 제품으로 알면 큰일 날 것처럼 자랑스러운 목소리다. 꼬랑지까지 털이개로 유용하게 쓴다고 한다.

그러나 무엇보다도 여행객이 보기에 가장 신기한 것은 야크 똥의 쓸모이다. 야크 똥은 취사용뿐 아니라 거의 유일한 월동 연료라고 한다. 마을마다 벽에다 야크 똥을 붙이고 있지 않은 집이 없다. 빛깔과 모양이 우리의 재래식 메주하고 똑같다. 꼭 메주덩이만 하게 뭉친 야크 똥을 말리기 위해 흰 벽 위에다 빈틈없이 붙여놓고 있다. 세상에, 야크는 똥도 많이 눈다 싶게, 집이 크고 담장이 긴 집일수록 붙여놓은 똥 덩어리의 수효는 어마어마하다. 이미 건조가 다 돼 추녀 끝에 쟁여놓은 것까지 합치면 수백 개가 아니라 수천 개도 될 것 같다.

나는 단독 주택에 살 때 해마다 이삼천 개씩 들이던 연탄의 부피로 미루어 똥덩이의 수효를 헤아리려 든다. 연탄을 때본 사람은 야크 똥 연료를 야만적이라고 여겨서는 안 된다. 구들 밑으로 살인 가스를 통하게 하는 게 훨씬 더 야만적이다. 가까

이 가서 맡아보아도 불쾌한 냄새 같은 건 전혀 안 난다. 겉으로 보기에도 야크 똥을 붙이고 있는 집은 그런대로 보기 좋다. 더군다나 메주의 추억이 있는 우리에겐 정겹기조차 하다.

만약 야크가 없다면 이곳 사람들은 어떻게 혹독한 겨울을 날 수 있을까. 상상이 안 된다. 사람이 야크를 치는 게 아니라, 사람이 야크한테 기생한다고 하는 게 옳을 듯하다. 살기 위해 야크를 위해 받드는 건 당연하다. 그럼 야크는 뭘 먹고 사나. 산기슭에 우두커니 서 있는 야크를 보면 우수에 차 있는 게 인간보

다 훨씬 더 영적으로 보인다. 그러나 아무리 영물이라도 먹어야 사는 게 육신 가진 동물의 한계다.

야크뿐 아니라 양 떼와 양치기도 심심찮게 만난다. 사람의 영혼까지 빨아들일 것처럼 짙푸른 하늘을 배경으로 자로 그은 듯 땅을 향해 군더더기 없이 깨끗한 사선으로 내리꽂힌 능선에 홀연 나타난 양 떼와 양치기의 모습은 한 폭의 그림인가, 문명인의 잠재의식 저 깊은 심연에서 부상한 태곳적 기억인가? 어쩐지 현실 같지가 않다. 만약 현실이라면 저들도 먹어야 살 텐데 무얼 먹고 사나.

아침에 일어나면 얼굴이 푸석푸석하고 손발이 저려오는 등 고산병 증세를 보이기 시작한 우리는 그저 믿는 이 물뿐이었다. 시도 때도 없이 물을 마셔대니까 당연히 배설하는 간격도 잦았다. 목이 말라서도 마시고 남들이 마시는 걸 보고도 마신 물은 남들이 배설하는 시간에 덩달아 배설하고픈 충동을 일으켜 버스만 섰다 하면 다 같이 내려서 각자 흩어졌다. 그럴 때 엉덩이라도 가릴 만한 돌을 찾아 비탈로 조금만 올라가보면 아무리 산지라 해도 생판 불모지만은 아니라는 걸 알 수가 있다. 이

끼보다는 좀 키가 큰 풀이 푸른기 없이 갈색으로 돋아 있기도 하고, 간간이 꽃을 피운 풀도 있다. 고도가 높아질수록 나무의 키가 낮아져 관목숲이 되고 식물한계선을 넘으면 모진 풀밖에 못 자라고, 이끼만 남다가 아무것도 못 자라는 땅이 된다고는 알고 있었지만 나무보다 풀이 더 강하고 풀보다 꽃이 더 강하다는 건 처음 알았다. 풀도 없는 데서 꽃을 보게 되다니. 놀랍게도 그 붉디붉은 꽃은 나팔꽃처럼 생긴 통꽃인데, 꽃이 한 송이씩 땅에 직접 뿌리를 내리고 있었다. 짓밟혀도 짓밟혀도 살아남은 질경이의 강한 생명력은 줄기 없이 잎이 직접 땅에 뿌리내렸기 때문이라고 들은 적이 있는데 이 꽃의 생존 방식이 바로 그러하였다. 연연하고도 연약해 손이 닿으면 스러질 듯 가련한 꽃송이에 어찌 그리도 모진 생명력이 잠재해 있는지.

가다 보니 갈아엎으면 농지도 될 것 같은 평원에 보라색 꽃이 가없이 펼쳐진 데가 심심찮게 나타난다. 한두 송이 꺾어 책갈피에 눌러보고 싶은 어린 마음이 동해 가까이 가보면 줄기에 어찌나 독한 가시가 빈틈없이 나 있는지 감히 손을 못 댄다. 제까짓게 무슨 장미도 아닌 것이 가축도 못 먹게 이다지도 심한 독기를 내뿜고 있나 아니꼽더니만 산지에 눈에 띄지 않게 퍼진 이끼류의 식물들은 폭신하고 부드러운 것들이 많다. 양들이 흩어져서 연방 주둥이를 땅에 들이박고 있는 까닭을 알 듯하다. 사람 눈에나 민둥산이지 동물에게까지 불모의 땅은 아닌 모양이다.

고개를 넘을 때마다 성황당 같은 돌무더기를 만나는 것도 신기하다. 돌무더기뿐 아니라 울긋불긋한 헝겊이 걸려 있는 것도 성황당하고 비슷하다. 돌무더기나 아무렇게나 뒹구는 돌 중엔 티베트 문자가 새겨진 돌도 많다. '옴마니반메훔'이라는 그들의 진언이라고 한다. 그들이 휴대용 마니차를 돌리며 중얼거리는 소리도 '옴마니반메훔'이고 그 안에 든 부적 같은 종이에도 그 진언이 적혀 있다고 한다. '옴마니반메훔'을 직역하면 '연꽃 속의 보석이여'라는 뜻이다.

몇 호 안 되는 마을도 희게 칠한 불탑을 중심으로 형성돼 있고, 불탑에는 물론 집에도 반드시 오색 헝겊 깃발이 꽂혀 있다. 세로로 꽂힌 깃발 맨 위엔 청색, 백색, 적색, 녹색, 황색의 순서로 손수건만 한 헝겊을 달아놓고 있다. 부처님이 득도했을 때 몸에서 오색의 빛이 난 데서 유래된 종교적 관습이라고 한다.

이곳에서는 말 한마디, 일거수일투족이 부처하고 통하지 않는 것이 없다.

라싸에서 장채까지 가는 동안 만나게 되는 가장 아름다운 길은 해발 5,200미터에 위치한 얌드록초 호수를 낀 길이다. 호수라기보다는 강을 끼고 가고 있는 것처럼 그 아름다운 길은 굽이굽이 마냥 이어진다. 이 거대한 호수는 하늘에서 내려다보면 전갈 모양을 하고 있다고 한다. 그래서 티베트 말로 전갈 모양의 터키석이라는 이름으로 불린다. 불모의 갈색 봉우리들이 주위를 에워싼 이 호수의 푸르름은 귀기(鬼氣)마저 돈다. 왜 티베트 사람들이 그렇게 터키석을 좋아하는지 알 것도 같다. 그러나 아무리 상품인 터키석도 이 호수 빛깔에 도달했다고는 차마 못하리라.

우리는 말을 잃고 숨을 죽였다. 호숫가에서 잠시 쉴 때였다. 소설도 잘 쓰지만 시인이기도 한 김영현이 마침내 벌떡 일어서더니 호수를 향해 일갈을 했다. 글로 옮기기 민망한 쌍욕이었는데 가슴이 후련해지는 절창(絕唱)이었다. 더 이상 무슨 말이 필요하랴.

4

# 옴마니반메훔

장채는 티베트에서 세 번째로 큰 도시라고 한다. 세계에서 몇째 안 가는 인구 대국에서 온 우리 눈에는 60년대의 소읍 정도로밖에 안 보였다. 장채에서 처음으로 초등학교를 보았다. 라싸에도 물론 현대적인 교육 기관이 있겠지만 미처 보지 못했고 장채까지 오는 동안은 신경 써서 찾아보았지만 못 보던 거였다. 안내인 말에 의하면 대부분의 농촌에서는 아직도 아이들을 절에 보내 문자를 익히게 하고 기본적인 불교 경전 공부도 시킨다고 한다. 카메라를 향해 밝은 표정을 짓는 아이들은 아이들 공통의 밝고 활달한 표정을 하고 있었으나 그중 상당수는 한족(漢族)으로 보였다.

1951년 중국이 티베트를 침공할 당시 이 나라는 행정력이나 군사력 모두 전근대적인 상태에 머물러 있는 데다 국제 사회

에서도 알려지지 않은, 따라서 외교적으로도 고립무원의 상태였다. 그때 쉽사리 티베트를 자국의 영토로 만들어버린 중국은 문화 혁명기엔 무자비한 티베트 문명 말살 정책을 펴왔고, 근래에는 몇몇 중요한 사찰을 중점적으로 복원하면서 한족을 활발하게 이주시키고 있다고 한다. 라싸에서는 이미 오래전에 한족의 인구가 티베트족 인구를 크게 웃돈다더니, 여기도 길가의 상점이나 음식점 주인은 거의 전부가 한족이다. 농촌에서는 마음이 고요하고 편안하다가 도시로 들어오면 피곤하고 짜증까지 나는 것은 관광객만 보면 어른, 아이 할 것 없이 엉겨 붙어 구걸하는 티베트 사람들 때문인데 그런 현상도 아마 한족의 인구 증가와 관계가 있을 것이다. 티베트족에 비해 옷 잘 입고, 얼굴 깨끗하고, 거드름이 몸에 밴 그들을 보면 우리를 식민지로 만들었을 때의 일본 사람 생각이 나서 배알이 꼴린다.

장채의 초등학교에도 학교 표시가 교문 양쪽에 한문과 티베트어로 따로따로 붙어 있다. 그 안에서 어떤 교사가 무엇을 가르칠지는 물어보지 않아도 뻔하다 싶은 것도 식민지하에서 초등 교육을 받아본 나만의 삐딱한 시선일까? 중요한 사찰의 보

수가 이제 내 재산이 된 이상 지켜야 한다는 소유욕과, 관광 자원으로서의 가치 발견 등 경제적인 차원에서라면, 이주 정책과 교육 정책은 더욱 가혹한 고유의 정신문화 말살 정책일 거라는 건, 당해본 사람만이 아는 거의 피부적인 감각이다. 그러나 관광객만 보면 애절하게 구걸하는 아이들에게 시달리다가 아무것도 안 달래면서 이방인을 반기는 아이들을 보는 건 역시 즐거웠다.

숙소인 장채 호텔 넓은 로비에선 등신대의 가면극 인형들이 우리를 반겼다. 원색적인 화려한 의상은 우리 가면극하고 달랐지만 과장되고 우스꽝스러운 탈의 표정은 우리의 탈─먹중, 미얄할미, 포도대장, 팔먹중, 취발이, 말뚝이, 양반, 노장과 어쩌면 그렇게 닮았는지 그 옛날부터 문화의 교류가 있었다기보다는 몽고 인종의 상상력의 공통점이 아닐까.

자고 나니까 손발이 몹시 저렸다. 전날 밤에 산소통을 하나씩 지급받았지만 별로 효과가 있는 것 같지 않았다. 막상 산소통을 지급받고 보니 실망이 컸다. 우리 중 아무도 산소통 같은 걸 껴본 적이 없는지라 산소통이라면 숨이 넘어가던 사람도 무조

건 살려내는 줄 알았는데 맡으나 마나였다. 1리터 물통보다도 홀쭉한 통에 들어 있는 게 보통 공기인지 산소인지도 의심스러 웠다. 하긴 산소가 보통 공기하고 다른 맛이나 냄새가 있다고 해도 이상하겠지만, 최소한 혼탁한 도시를 벗어나 삼림욕을 하 는 정도의 상쾌감은 있으려니 했는데 그렇지도 않았다. 산소가 희박한 공기를 오염된 공기하고 같은 것이라고 오해하고 있었 던 것 같다. 호흡하면서 상쾌하기로 말하면 이곳 공기가 그만 이었다. 민병일 시인은 자주 코피를 흘렸고, 노부부 중의 부인 은 어젯밤에 식사를 거르고 몸져 누워 우리를 불안하게 하더니 아침에 가까스로 기동은 했으나 힘들어 보였다. 우리는 소지한 밑반찬을 나누며 서로를 격려했다.

장채의 대사찰 방코르 초르덴(白居寺)은 시내 중심부에 있다. 성채를 방불케 하는 옛 건물이 남아 있는 언덕 아래의 광대한 부지에 자리 잡은 이 대사원은 15세기경 장채의 왕에 의해 창 건된 이래 불교의 각종 종파를 망라한 종합 불교 센터의 역할 을 해왔다고 한다. 정문을 들어서면 너른 마당이 나오고 정면 으로 회의장처럼 생긴 큰 절이 보인다. 그 옆으로 복잡하고도

아름답게 생긴 큰 탑이 보이는데 그게 바로 방코르 초르덴이라 불리는 티베트 최대의 불탑이다.

광장을 지나 먼저 큰 절에 들어서면 강당 같은 큰 방이 있고 각자 앞에 하나씩 책상을 놓고 공부하는 라마 스님들을 볼 수 있다. 그러나 그게 공부인지, 염불인지, 연구한 걸 토론하는 세미나인지는 확실하지 않다. 몇백 년은 돼 보이는 갈색으로 찌든 경전을 앞에 놓고 웅얼거리는 스님이 있는가 하면 잡담을 하는 스님도 있고, 바라를 치는 스님도, 진언을 외면서 종을 흔드는 스님도 있다. 각자 자유자재고 연령층도 다양하다. 강제되거나 통제되지 않은 분위기가 그런대로 조화를 이루고 있다.

이 강당을 중심으로 경전을 수납해두는 창고 같은 방도 있고, 과거불, 현재불, 미래불의 삼존을 모신 방들도 있고, 계보를 알 수 없는 고승들이나 나한들의 상이 있는 방들도 부지기수로 많다. 실내는 대체적으로 어두컴컴하여 벽화를 지나치기가 쉬운데 호사하게 장식한 부처는 질리도록 많이 봤으니 벽화를 주의 깊게 봐두는 것도 좋을 듯하다. 벽화는 지옥도가 아닌가 싶게 무시무시하다. 피에 굶주린 지옥사자 같은 것도 있고 송장이나 해골 같은 것도 그려져 있다. 어둑시근한 조명도 벽화의 그로 테스크한 효과를 극대화시키려는 특수 장치처럼 여겨진다.

다음은 방코르 초르덴. 이 불탑은 겉으로 보기에도 매우 아름답고 복잡하고 어마어마해 보인다. 5층까지는 수많은 각으로 이루어진 다각형을 층계처럼 쌓아가다가 6층은 원으로 돼 있고 그 위는 사각형, 그리고 황금빛 돔 형식의 8층이 있고, 그 다음은 원반 위에 종의 꼭지 같은 게 달린 탑두이다. 층마다 황금빛 테를 두르고 있고, 네모로 각이 진 7층의 외벽에는 이 세상 중생을 굽어보는 불안(佛眼)이 그려져 있다. 내부는 길을 따라 움직이면 저절로 위로 위로 가게 돼 있지만, 조금만 오르막길이라도 다리가 저리고 숨이 차는 증세가 더욱 나빠져 자연히 구경보다는 몸 조심에 더 많이 신경을 쓰게 된다.

이 8층 건물에는 108개의 방이 있고 벽에 그려진 부처님의 수효만도 십만이 넘는다는 게 안내원의 설명이다. 그야말로 만신전(萬神殿)인데 중세 티베트 사람들의 신에 대한 풍부한 상상력이 놀라울 따름이다. 그러나 그 안의 벽화나 불상은 5백 년이 지났다고는 믿어지지 않을 정도로 너무도 생생하여 다시 한 번

그 무궁무진한 신의 물량화와 현란한 극채색에 질리게 된다. 안내원의 말인즉 근래에 복원된 것도 많다고 한다.

한꺼번에 너무 많이 보고 나면 하나도 못 건지는 수가 있는데 이 사원을 나오면서는 그래도 하나 새롭게 깨달은 게 있었다. 그것은 이 나라 사람들이 줄창 입에 달고 있다시피 한 진언 '옴 마니반메훔'에 대해서인데, 직역하면 '연꽃 속의 보석이여'라는 뜻이 된다기에 식물에서 가장 아름다운 것과 광물에서 아름다운 것의 이름을 줄창 입에 달고 있음으로써 현실의 구질구질함을 극복하는 한편, 아름다운 상상력으로 정신을 정화하는 힘을 얻고 싶은 갈망이 만들어낸 주문이려니 했다.

그러나 그보다는 훨씬 뜻이 깊다는 걸 어떤 벽화 앞에서 문득 깨달을 수가 있었는데, 그건 티베트 사원에서 흔히 볼 수 있는 남녀 합환상이었다. 앉은 채 합환하는 불상보다 채색 벽화 쪽이 훨씬 더 생생하고 에로틱했지만, 그보다는 남자 신과 여자 신한테서 뻗어져 나온 각자 서너 쌍이나 되는 팔이 그 우아한 손 끝에 쥐고 있는 게 연꽃 아니면 보석이 박힌 막대기 같은 거라는 게 눈길을 끌었다. 그중에서 두 개의 팔은, 남자 신이 안

고 있는 여자 신의 등 뒤에서 쥐고 있는 연꽃에다 보석봉을 박은 모양으로 합쳐지는데 누가 보기에도 '옴마니반메훔'의 형상화가 틀림이 없었다. 합환하는 남신·여신의 표정에 나타난, 곧 둥실 승천할 것 같은 도취의 경지도 해탈 순간의 정신적 환희의 극치를 성적 쾌락의 극치감에서 유추한 거라고 해석해도 무방할 것 같았다.

방코르 초르덴 사원 앞 너른 마당에서는 순례를 마친 티베트 사람들이 편안한 얼굴로 쉬고 있고, 개들도 여기저기서 발길에 차이고 있었다. 부인들이 차 도구를 끌러놓고 차를 마시는 자리에도 어김없이 개 한두 마리가 끼여 앉아 있었다. 여기 개들은 자신이 개라는 걸 전혀 의식 못하는 것 같다. 사람을 경계하지도 않을뿐더러 문득 생각에 잠긴 표정을 짓곤 한다. 좋은 데서는 곧잘 차를 마시는 저들과, 경치 좋은 데서는 고기부터 굽고 보는 우리하고 과연 어느 쪽이 더 문화적이라고 할 수 있을까 하는 뚱딴지 같은 생각을 하고 있는데, 부인네들이 친절하게 손짓하면서 같이 어울리기를 권했다.

그들이 차를 마시던 그릇에다 차를 권하는데 나 보는 앞에

서 꾀죄죄한 수건으로 한 번 닦고 나서 깨끗한 행주로 몇 번이고 몇 번이고, 이쪽에서 민망해지도록 여러 번 훔치고 나서 거기다 버터 차를 따라주었다. 처음 마셔보는 이 땅의 기호품이 내 입맛에 든다고는 할 수 없었으나 부인들의 상냥한 마음씨와 자상한 배려가 고마워서 억지로라도 맛있다는 표정을 지었다. 찻잔은 우리의 밥공기만 한 크기의 아름다운 청화백자였다. 한마디도 말이 통할 리 없지만 바라보고만 있어도 편안해지는 착하고 소박하고 욕심 없어 보이는 사람들이었다.

수많은 부처님 앞을 대충대충 통과하고 나서 보통의 티베트 사람들을 대하게 될 때마다 나는 으레 혼란스러워지곤 한다. 그들이야말로 욕망을 초극한 부처고, 사치를 극한 절 안의 부처들이 오히려 번뇌 중의 속인처럼 여겨져서이다. 그러나 그런 경험을 반복하는 사이에, 어떤 종교의 신이건 신의 자격은 무엇보다도 인간적인 오욕(伍慾)으로부터의 자유라는 고정관념으로 남의 신을 보는 것이 과연 옳을까 하고, 여지껏의 신관(神觀)에 다소 융통성이 생겨나고 있었다.

방코르 초르덴 사원을 나오면 아주 가까이에서 장채 성(城)을 바라볼 수가 있다. 장채는 그렇게 큰 고장은 아니다. 한 바퀴만 돌면 시내의 약도를 머릿속에 챙길 수 있을 것처럼 빤한 고장인데 그 성만은 난공불락의 요새처럼 보인다. 방코르 초르덴에서 바라보면 왼쪽만 완만한 능선으로 돼 있고 그 밖의 면은 가파른 낭떠러지를 이루고 있어 외부의 공격으로부터 수성하기에 용이한 지형이다.

이 성의 기원은 멀리 14세기까지 거슬러 올라가야 한다. 15세기에 건축한 방코르 초르덴의 어마어마한 규모와 그 안에 쏟아부은 무진장한 금은보화로도 미루어 짐작할 수 있듯이, 그때 장채는 작지만 부유한 왕국이었다고 한다. 인도에서 부탄을 거쳐 물자가 들어오는 교역의 중심지요 교통의 요지였으리라는 지리적 장점이 그만큼 외부의 침략을 받는 일도 빈번했으리라는 걸 견고하고 아름다운 성은 말해준다. 성이 아름답다 말하면 안 맞는 말이 될지도 모르지만, 성 축조술의 뛰어남 때문인지 시간의 미화 작용 덕분인지, 시내에서 올려다본 장채 성은 언덕의 지형과 어울려 그지없이 아름답고 품격 있는 조화를 이루고 있다. 오르막길에서는 곧 숨이 차고 골치가 아파 헐떡이

게 되는 우리의 유약한 체질을 생각해 그 너머엔 무슨 경치가 있을까 하는 호기심을 억제하지 않으면 안 되었다.

장채 성은 또한 20세기 초, 영국령(英國領) 인도군의 침입을 받아 석 달 동안이나 용감하게 버틴 곳으로도 유명하다. 그때는 벌써 대포나 기관총 등 현대적인 무장을 했을 인도군과 기껏 화승총이나 칼 같은 것으로 그렇게 오래 대항했을 그들의 용감성이 우리 근세사와의 공통점 때문에 유난히 처절하게 느껴진다.

장채를 벗어나자 황량한 산야가 이어지고, 시냇물과 푸른빛이 도는 들이 나타나면 반드시 흰 벽을 야크 똥으로 덧입혀놓은 전형적인 티베트 농가가 보이곤 했다. 졸졸졸 맑은 개울물 위로 돌다리가 놓인 농촌에서 우리 일행은 잠시 쉬어가기로 했다. 돌다리가 놓여 있다고 해서 개울이 큰 것은 아니다. 충분히 건너뛸 수 있는 넓이인데 아마 어린애들을 위해서 걸쳐놓는 돌일 것이다. 그 마을에서 크지도 작지도 않은 집 앞에서 발길을 멈추었다. 아무 데나 보랏빛 붓꽃이 무리 지어 피어 있고, 담 곁에는 말이 매여 있고, 개와 염소가 같이 놀고, 푸릇푸릇한 밭둑

을 토기로 된 물통을 진 남자가 느리게 걸어가는 목가적인 마을이었다.

대문은 없이 담만 쳐진 농가의 마당을 기웃대자 중년의 부인이 내다보았다. 농촌이나 도시 집들은 거의가 다 흰 벽돌로 벽을 치고 담도 쌓는데 담을 쌓는 까닭이 외부를 경계하려는 게 아니라 오직 야크 똥을 말리기 위한 건조대로서의 구실 때문이 아닌가 싶게 집집의 담은 야크 똥으로 메워져 완전히 이중으로 돼 있다. 우리가 들여다본 집 담장에 남아 있는 약간의 여백도 아직은 똥이 모자라서일 뿐 가을이 오기 전에 다 메우고도 남으리라. 처음에는 신기하게만 보이던 야크 똥이 이제는 풍요의 상징처럼 푸근해 보인다. 주인 아주머니는 별로 싫어하거나 생색내는 티 없이 무던한 표정으로 우리가 집 안까지 들어가보는 걸 허락해주었다.

거의 일자로 된 평면 가옥은 세 칸으로 나뉘어져 있었는데, 한 칸은 침실과 주방을 겸한 가족들의 거실이고, 가운데 칸은 농기구를 두는 데고, 이 집에서 가장 큰 공간은 가축을 위한 칸이었다. 마당에서 개와 닭이 돌아다니고 있을 뿐 그 안은 비어

있었다. 가축들은 밤에나 돌아오는 걸까. 이 지방의 겨울밤 추위는 가혹하다니 여름 동안은 노숙을 하다가 겨울에나 돌아와 그 안에서 추위를 피하는지도 모르겠다.

하나밖에 없는 거실에서는 몇 식구가 사는지 주방 용품은 간소했지만 식기는 우아하고도 친근했다. 문양이나 색상이 우리의 청화백자하고 너무나 비슷하기 때문일 것이다. 주식은 라이보리를 가루로 만든 참파라는 것과, 양이나 야크 젖, 버터나 버터 차, 야크의 육포 따위가 주요 영양 공급원이라니까 복잡한 요리 기구가 무슨 필요겠는가. 눈에 띄는 현대적인 주방 기구라고는 오직 커다란 보온 물통이 전부였다. 여행객의 아니꼬운 심미안인지도 모르지만 그 단 하나의 문명적인 기구가 방 안 분위기에서 튀는 게 흠이었다. 거실 한가운데 놓인 난로가 난방과 취사를 겸한 유일한 에너지원이라면 차를 좋아하는 그들에게 보온 통은 필수품일 터이다. 야크 똥 연료는 연기가 많이 나는지 실내가 전체적으로 검게 그을어 보였다.

벽 쪽으로 침상이 놓여 있는데 그 안에서 자고 있던 아이가 놀랍게도 "아암마" 하면서 울었다. 엄마를 부르는 소리라고 한

다. '어부바'라는 말도 우리하고 똑같이 아이를 업을 때 흔히 쓴다고 한다. 아이는 두텁고 거친 모포에 둘둘 멍석 말듯이 말려 있었다. 아이의 침상하고 연이어서 길게 침상이 있고, 방 모양에 따라 기역자로 꺾여서도 높낮이가 다르게 침상이 놓여 있었다. 침대라기보다는 소파로 쓰기에 알맞은 넓이로 보였지만 개켜놓은 모직물은 이불 같았고, 가족들의 침대 겸 손님용 소파로 써도 무방할 것 같은 치수였다.

식탁 위에 놓인 식기 말고 벽에 매달린 수납장에도 간소한 그릇들이 장식돼 있었고, 그 밑의 선반에도 소쿠리, 토기, 절구 등을 보기 좋게 배치해놓고 있었다. 방 구석에도 나무통 항아리 등이 모여 있었지만 옷을 수납하는 장이 따로 있는 것 같지는 않았다. 최소한도의 세간살이만 지니고 사는 사람들인 것 같았다. 그러나 겉보기에 집은 견고하고 아름다워 보였고 평면인 지붕을 위해 골조로 쓴 목재가 추녀 끝까지 나온 걸 보면 포탈라 궁의 공법을 연상하게 될 뿐 아니라 이 땅 어딘가에는 양질의 목재가 나는 광활한 밀림도 있으리라는 추측을 하게 된다. 나무를 하도 못 보니까 그런 생각만 해도 즐거워진다.

너무 오래 남의 집을 구경한 게 미안해서 그 집 아이에게 약간의 돈을 주고 싶어했지만 아이는 안 받았다. 아이의 할머니일 듯싶은 부인에게 아이가 예뻐서 주고 싶으니 받으라고 해달라는 시늉을 재주껏 해보였더니 그가 아이에게 받아도 좋다는 허

옴마니반메훔 157

락을 했다. 아이는 비로소 손을 내밀었지만 조금도 고마워하는 눈치가 아닌 게, 돈을 모르는 아이 같았다. 사진을 같이 찍자고 했을 때도 그 집의 젊은 부인은 사양했고, 아이도 마지못해 같이 서주었다. 자존심이 보통이 아닌 가족이었다. 시골이기 때문에 그게 가능할 것 같았다.

뒷간을 생활 공간보다 한층 높게 두는 것도 티베트 가옥의 특징이었다. 그래서 화장실에 가려면 계단을 올라가야 하는데, 그 2층 높이 아래쪽 1층 벽에다 회(灰)로 고정시키지 않고 돌이나 벽돌을 쌓아놓은 곳이 분뇨를 치는 구멍이었다. 사원 건물도 뒤로 돌아가보면 벽의 일부분을 회로 고정시키지 않고 벽재와 똑같은 돌이나 벽돌로 감쪽같이 아물려놓은 걸 볼 수가 있는데 그곳이 바로 분뇨를 칠 때 들어낼 수 있는 부분이었다. 그렇다고 그 근처에서 나쁜 냄새가 나는 것은 아니었다. 농사철이 짧으니까 1년 동안 분뇨를 모아도 넘치지 않을 만큼 깊어야 하고 그렇게 오래 분뇨를 쟁여놓음으로써 완전한 퇴비를 만들 수 있을 것이다. 옛날 우리 농촌처럼 여기서도 인간의 분뇨는 농작물에 없어서는 안 될 비료라고 하니까.

장채 시장에서 바리같이 생긴 그릇을 두 개 샀다. 한족인 가게 주인은 골동품이라고 허풍을 떨었지만 나는 믿지 않았다. 이곳 생활용품은 버터기름과 야크 똥 연료에서 나는 그을음 때문에 외국인에게 마치 세월의 때인 것처럼 속여먹기에 적당할 만큼 찌들어 보인다. 골동품이 아니라도 보기 좋길래 샀다.

장채에서 시가채까지 가는 길은 줄창 4천 미터급의 고원이 끝없이 펼쳐지지만 갈색 불모의 산이 형형색색의 기발한 모습으로 멀리 가까이 솟아 있긴 마찬가지이다. 다만 어쩌다가 지평선을 볼 수 있을 정도로 산이 멀어지고 고원이 넓어진다 뿐, 산으로부터 자유로울 수 있는 건 아니다. 가끔은 나무가 길 양편에 늘어서고, 풍부한 시냇물이 들을 적시는 마을도 나타나 그지없이 평화로운 휴식감을 준다.

그런 마을 사람들은 우리하고 동시대 사람이라고는 믿어지지 않는 생활을 하고 있다. 그건 뒤떨어졌다는 뜻하고는 다르다. 거기에는 우리가 오래전에 잃은 자연과의 일치와 교감에서 오는 근원적인 평화와 행복감이 있을 것 같다. 그건 내가 시골 출신이고, 수공업 시대의 농경사회 그대로였던 유년기의 고향 체험을 무슨 이상향처럼, 보물단지처럼 간직하고 있어서만은 아니다. 티베트에서 시냇물을 볼 때마다 몇 년 전에 『녹색평론』에서 읽은 스웨덴의 언어학자 헬레나 노르베리 호지의 「라다크 체험기」가 생각나 향수와 같은 친근감에 사로잡히게 된다. 왜 그렇게 그의 글에 깊은 감동을 받았을까. 헬레나의 글 중 일부를 그대로 인용해보겠다.

드물게 있는 나무들 — 살구나무, 버드나무, 포플러 — 은 혹심한 겨울 추위에도 불구하고 땔감으로 사용되지 않는다. 나무들은 조심스럽게 보살펴지고, 그 목재는 건축이나 악기·도구들을 위해서만 사용된다. 땔감으로는 짐승의 마른 똥이 이용되고 인분은 거름으로 이용된다. 집집마다 퇴비 변소가 있고 모든 쓰레기는 재순환된다.

라다크에 도착한 직후 나는 어느 냇물에서 빨래를 하고 있었다. 내가 막 더러운 옷을 물속으로 던져넣으려 할 때 일곱 살밖에 안 되어 보이는 조그만 여자아이가 지나가고 있었다. 그 소녀는 부끄러움을 타면서 "거기서 옷을 빨면 안 돼요. 아랫마을에서 그 물을 마셔야 해요."라고 말했다. 소녀는 적어도 1마일이나 아래로 떨어져 있

는 한 마을을 가리켰다. "저기 있는 저 물을 이용하세요. 저것은 그
냥 밭으로 들어가는 물이거든요."

나는 라다크 사람들이 그처럼 힘난한 환경에서 어떻게 하여 생존
해가고 있는지를 배우기 시작했다. 나는 또한 '검소'라는 낱말의 의
미를 배우기 시작했다. 서양에서는 '검소'라고 하면 늙은 아주머니
와 자물쇠로 잠가진 광 같은 이미지를 떠올리게 된다. 그러나 라다
크에서 보는 검소함이라는 것은 사람들이 번영을 누리고 사는 데
근원적이다. 제한된 자원을 주의 깊게 이용한다는 것은 인색함과는
아무 상관이 없다. 검소함은 적은 것에서 많은 것을 얻어낸다는 것
을 의미한다.

그때 마침 나는 병적일 정도로 우리의 쓰레기 문제에 절망하
고 위기감에 사로잡혀 있을 때였다. 내남직없이 잘 먹고 잘사
는 것까지 쓰레기에 기식하는 살찐 구더기 같다고, 극단적인
비하를 하고 싶을 때였으므로 그 글은 질식 전에 숨통을 터주
는 한 가닥의 청량한 바람 같았다. '엄마의 신경성'이라는 소리
는 맞는 말이었다. 나 혼자 그래 봤댔자 달라질 일도 아니라는

체념인지 변명으로, 그 후 그런 증세는 그럭저럭 무마가 되었다. 엄마의 신경성이란, 내 정의감의 빤한 한계를 두고 우리 아이들이 놀리는 말이다. 그래도 지금 다시 그의 글이 생각나는 것은 좋은 일이었다.

우리가 모르는 사람을 처음 소개받을 때 그 사람의 학벌이나 지위, 재산 정도 따위보다도 그 사람의 귀여운 버릇이나 소탈한 일화 같은 것이 오히려 그 사람을 이해하고 호감을 갖는 데 믿을 만한 구실을 할 때가 있다. 헬레나의 글도 내가 티베트를 여행하는 동안, 특히 시골에서는 그런 좋은 의미의 선입관이 돼주었다.

헬레나가 체험한 마을을 연상시키는 농촌일수록 밭에서 일하는 야크의 머리 장식이 사뭇 볼 만하다. 그러잖아도 잘생긴 몸집에다 수놓은 띠를 두르고 제왕처럼 위엄 있는 뿔 사이로는 붉은 술을 달고 유유히 쟁기질을 하고 있는 야크를 보고 있으면 이 짐승을 식구처럼 사랑하고 고마워하는 티베트 사람들의 상냥한 마음씨가 느껴져 절로 미소 짓게 된다. 고마워하면서 잡아먹는다는 건 말도 안 되는 것 같지만 시체를 독수리에게 먹히는 조장(鳥葬)의 풍습이 아직도 남아 있는 땅이라는 걸 감안해야 할 것 같다.

영혼을 떠나 보낸 육체에 대해서는 그게 비록 인간의 시신이라 할지라도 미신적인 공포감이나 신비화 없이 냉정하게 직시하는 능력 또한 티베트 민족의 상냥함과는 또 다른 엄혹한 면이 아닐까. 야크를 중히 여기고 고마워하는 마음이 야크에서 나는 건 털끝 하나도 허투루 하지 않는 완벽한 이용으로 표현되고 있을지도 모른다. 사랑, 연민, 자비 등이 인간을 인간답게 하는 공통의 정서라고 해서 그 사랑법까지 똑같을 수는 없지 않을까.

5

# 때의 갑옷

시가채는 라싸 다음 가는 티베트의 제2의 도시이다. 도시가 가까워지면서 만나는 사람도 달라진다. 군인, 공무원, 상점 주인, 식당 주인, 깨끗한 옷을 입은 사람은 거의 다 한족이고 구걸하는 사람은 백발백중 티베트 사람이다. 일 없이 멀거니 아이를 안고 길에 나와 앉아 있던 아기 엄마도 관광객만 보면 손을 내밀고, 걸어다니는 자기 자식에게 구걸을 시키기도 한다. 안고 있는 아이가 아프다고 우는 시늉도 하고 부스럼 자국을 드러내 보이기도 한다.

　도시로 통하는 큰 도로변 차의 왕래가 빈번하고 먼지가 많이 나는 들판에는 텐트 촌도 있다. 고원에서 어쩌다 만나게 되는 유목민의 텐트하고는 다르다.

　산간 고원에서 야크 가죽 텐트를 치고, 야크의 허파로 만든

풍구로 야크 똥 연료에다 풍구질을 하는 목동은 결코 구걸하지 않는다. 때에 찌들어 갑옷같이 된 옷을 입고 머리에는 야크 머리보다 훨씬 간소한 장식을 하고 야크 뼈와 터키석으로 만든 장신구를 주렁주렁 걸친 목동은 수줍고 당당하고 섹시하기조차 하다. 때의 갑옷의 섹시함은 애인의 이 사이에 낀 고춧가루만 봐도 정 떨어지고 마는 우리의 얄팍한 감성 그 밑바닥에 남아 있는 야성을 일깨우는 원초적 수컷스러움이다. 그러나 그들의 수효는 점점 줄어들고 나중까지 남는 방법이 있다면 자신의 희소가치를 상품화하는 것밖에 없으리라는 게 불을 보듯이 뻔하게 느껴진다.

도시 주변의 텐트 촌은 우리식으로 말하면 도시 빈민촌에 해당할 것 같다. 그 안에서는 할 일 없는 여러 식구들이 우글거리고 최소한의 생활 도구도 관광객이 버리고 간 페트병, 비닐통 따위 화석 연료의 찌꺼기들이다. 뭘 때고 사는지는 모르지만 야크 똥은 아닐 것 같다. 그들의 재산 목록에 야크가 없으니까. 품팔이를 나간 식구도 있겠지만 관광 버스를 보고 모여드는 그들의 수효는 엄청나다. 아가사리 끓듯 모여들어 집요하게 구걸

을 한다. 아장아장 걷는 아이도 구걸에 필요한 영어는 몇 마디씩 할 줄 안다. 그들의 거지 근성이 혐오스러우면서도 중국의 개발 정책과 함께 들어오기 시작한 외국 관광객을 보면서 느낀 그들의 상대적 빈곤감이 그들을 그렇게 무력하고 파렴치하게 만들었다 싶어 관광객의 한 사람으로서 자책감을 느끼게 된다.

아이가 더러운 손을 내밀면서 무슨 주문처럼 '헝그리 헝그리' 하는 소리를 듣는다는 것은 정말 못할 노릇이다. 망명 중인 달라이 라마는, 중국의 지배를 받기 전의 티베트 사람들은 부자는 아니었지만 자유스럽고 무엇보다도 굶주림이라는 걸 모르는 생활을 해왔다는 걸 기회 있을 때마다 강조하고 있다. 그러나 현재 그의 민족의 희망이어야 할 새싹들은 '헝그리' 소리 먼저 배우고 있다.

지리적·종교적 특수성 때문에 천 년도 넘게 그들만의 독특한 문화를 창조하고, 지구상 가장 가혹한 환경에 적응하느라 오히려 가장 자연 친화적인 자급자족 사회를 이룩해온 그들의 눈에 풍요하고 획일적인 서구 문명이 어떻게 비쳤을까. 면역성이 생기기 전의 인체처럼, 이 순결한 문명은 세계적인 획일성

속으로 자취도 없이 흡수되고 마침내 소멸되고 말 것인가. 비록 망명지에서이지만, 열심히 세계를 향해 티베트의 완전한 자유민주주의와 전 국토의 비무장 평화지대안을 호소하는 한편 아이들을 위한 교육 시설, 불교 승원 및 전통문화를 보호하고 육성하기 위한 시설 확충에 정열을 쏟고 있는 것으로 알려진 달라이 라마에게 기대를 걸 수밖에 없을 것 같다.

그런 생각을 하면서 당도한 시가채는 공교롭게도 판첸 라마를 받드는 지방이었다. 시가채 호텔 주차장은 닛산, 토요타, 미쓰비시 등 마치 일본 차의 전시장처럼 각종 일제 승용차가 빈자리 없이 들어차 있었다. 시가채가 그만큼 부자가 많은 도시인지 한족이 많은 도시인지 라싸의 일급 호텔에서도 본 적이 없는 흥청거림이었다. 저녁에 식사를 하러 내려갔더니 식당도 대만원이라 줄을 서서 음식을 덜어 와야 했다. 말끔하게 정장을 한 한족들이었다. 한족도 그 정도의 차를 타고 왔으면 고위 공직에 있는 사람일 듯했다. 분위기가 좀 이상했다. 가이드가 알아 왔는데 내일 판첸 라마 8세의 즉위식이 있다는 것이었다.

판첸 라마 7세가 서거한 것이 1989년이라니 죽고 나서 금방

환생(還生)을 하는 건 아닌 것 같다. 아니면 전대의 활불(活佛)이 서거하고 나서 일정 기간 안에 태어난 어린이 중에서 가려내는 것일 수도 있겠다. 달라이 라마 14세가 태어난 것은 1935년, 13세가 서거한 지 2년 후였다니 판첸 라마도 그럴 가능성이 있었다. 그러나 달라이 라마 14세가 달라이 라마 13세의 환생이 틀림없다는 것이, 신탁을 받은 고승들에 의해 확인된 게 그가 네 살 때였다는 걸 감안하면 판첸 라마의 자리는 그동안 너무 오래 비어 있었던 게 아닌가 싶기도 하다.

아무튼 두 활불 사이엔 선출 방법부터 상당한 차이가 있다는 게 짐작될 뿐, 자세한 건 알 수가 없었다. 달라이 라마에 대해선 국내에서도 이것저것 얻어들을 기회가 많았지만, 판첸 라마에 대해서 아는 것은 불행하게도 그가 어용(御用) 라마라는 부정적인 이미지가 고작이었다.

달라이 라마 14세가 중국의 티베트 지배권을 인정하지 않고 인도의 다람살라에 망명하여 망명 정부를 세워 오늘날까지 평화적인 독립운동을 해온 데 반하여 1989년 서거한 판첸 라마 7세는 중국 정부의 요직을 안배받았고, 그의 본찰인 시가채의 대사찰 타쉬룽포 사원의 주인 노릇으로 일생을 마쳤다. 세상에 잘 알려지지 않은 신비의 땅에서 비로소 외부 세계에 모습을 드러내어 설득력 있는 언변과 천성의 친화감으로 서구 세계로부터도 많은 사랑과 지지를 받고 있는 달라이 라마와 비교해볼 때 판첸 라마를 어용으로 여기는 것이 그리 틀린 생각은 아니라고 보았다.

달라이 라마 14세가 망명지에서 서거한다면, 다시 그의 환생을 선출할 수 있을지 없을지도 불확실한 게 엄연한 티베트의 현실이다. 그러나 판첸 라마의 환생은 어엿이 선출되어 지금 그의 즉위식에 중국의 관리들이 고급 승용차를 타고 구름같이 모여들었다. 그것만 봐도 그가 어용임은 증명되고도 남는 것이 아닐까. 그런 시선으로 보니까 거들먹대는 중국 관리들이 유화 정책으로 선회한 티베트 다스리기에 북 치고 장구 치러 온 속 다르고 겉 다른 하객처럼 아니꼽게 여겨졌다. 더군다나 식민지 경험이 있는 나에겐 그들이 일제 시대의 총독부 관리만큼이나 밉상으로 보였다.

우리 일행은 그들이 아니라도 몹시 지쳐 있었고, 심리적으로도 지쳐 있었다. 민병일 시인은 오늘도 자주 코피를 흘렸고 식사도 거의 못했다. 호텔 계단을 오르는 것도 힘에 겨워 쉬엄쉬엄 올라야 할 만큼 탈진해 있었다. 아침에 일어나면 손발이 저리고, 관절마다 나사가 풀린 것처럼 흐느적대 자기 몸을 추스르는 게 큰일처럼 여겨지곤 했다. 골치가 띵하고 기억력이 떨어지는 증세도 문제였다. 고도 5천 미터에선 산소가 평지의 반으로 준다고 한다. 그까짓 산소통으로 벌충할 수 있는 양이 아니었다. 그저 물만 먹어대니까 헛배가 부르고 식욕이 감퇴하는 것도 무력증의 한 원인일 듯싶었다.

나는 시가채에서부터 깜빡깜빡 뭘 잊어버리거나 잃어버리길 잘해서 두 개를 준비해 가지고 온 모자를 매일 하나씩 잃어버리고 나서 빌려서 쓰고 다녔다. 그날 보고 들은 걸 저녁에 기록하려 해도, 공부 못하는 애가 시험지를 받아놓은 것처럼 머리가 맹해지면서 아무것도 생각이 나지 않으니 기가 막힐 노릇이었다. 사람마다 조금씩 다르겠지만 나의 경우 산소 부족증은 몸 전체의 조화와 균형이 깨진 것 같은 느낌으로 나타났다. 그런 느낌은 아주 고약하고도 공포스러운 것이었다.

판첸 라마의 본찰인 타쉬롱포 사원은 광대한 부지가 크고 작은 건물과 열렬한 순례객과 관광객으로 대혼잡을 이루어 일개 사찰이라기보다는 로마의 바티칸하고 견주어야 할 것 같은 곳이었다. 여기서도 역시 이루 말할 수 없이 호사스럽게 금은보석과 극채색의 비단으로 장식한 불상들과, 그 혼잡스러운 가운데서도 오직 부처님을 향해 오체투지하는 희열로 전혀 남을 의식하지 않는 티베트 사람들의 열렬한 신앙을 보니까 판첸 라마는 어용일 거라는 나의 선입관이 슬그머니 없어졌다. 그건 한국 사람다운 정치적 감각에서 나온 생각이고, 티베트 사람들은 자신들의 정체성을 주권보다는 종교에서 더 확인하려는 사람들이 아닐까.

우리 쪽 안내는 달라이 라마는 진짜고 판첸 라마는 어용인 게 아니라, 지역적으로 달라이 라마를 받드는 지방과 판첸 라마를 받드는 지방이 있다고 했고, 티베트인 안내는 두 법왕을 형제간처럼 말했다. 달라이 라마가 티베트 제일의 법왕이고 판첸 라마는 그 아우격, 즉 제2의 법왕이라는 거였다. 또 일반적으로 달라이 라마는 관세음보살의 화신으로, 판첸 라마는 아미타

불의 화신으로 믿어진다고도 했다. 아무리 캐물어도 그들을 통해서는 누가 진짜고 누가 가짜라는 시원한 대답을 이끌어낼 수 없었다.

달라이 라마와 판첸 라마를 꼭 그런 식으로 구별하려는 건 내 안에 고착된 이분법적 사고방식 때문일 것이다. 우리는 독립운동만 하더라도 망명파와 국내파로 나누었고, 망명파만 하더라도 중국 쪽과 미주 쪽으로 다시 나누어 집권 세력이 누가 되느냐에 따라 우열이 매겨지기도 했다. 좌우익의 극렬한 이념 대립 사이에서 중도파는 회색분자로 몰려 설 자리가 없었고, 한국전쟁 후에는 도강파와 잔류파로 나뉘어 잔류파는 부역을 했건 안 했건 도강파 앞에서 주눅이 들게 돼 있었다. 이렇게 명확하게 편을 갈라서 사람을 보는 눈에 길들여진 우리였다.

어린 나이에 조국을 중국한테 빼앗기고, 그 학정 밑에서 온갖 수모를 당하다가 1959년 라싸 시민의 봉기를 계기로 인도로 망명한 이래 여태껏 꾸준하고도 평화롭게 독립운동을 해온 달라이 라마에 비해 국내에 남아 있으면서 중국 측과 잘 지내다가 천수를 다한 판첸 라마는 어용으로 여기기에 충분했다. 그러나

우리의 정치적 안목으로 보자면 그렇지만, 그들의 종교로 보자면 판첸 라마는 제2의 법왕이고 국내에 법왕이 하나도 없는 것보다 하나라도 있는 게 훨씬 힘이 될지도 모른다.

왜 둘 다 진짜면 안 되는가? 종교적으로는 열정적이고 생명 있는 모든 것에 대해 상냥한 그들은 오히려 그렇게 반문할지도 모른다.

달라이 라마와 판첸 라마의 관계에 대한 내 풀리지 않는 의문은 며칠 후 네팔의 수도 카트만두로 내려와서 어느 정도 실마리가 찾아졌다. 그곳 책방에 들렀다가 우연히 노마치 가스요시라는 일본 사진작가의 『티베트』라는 기록 사진집을 사보게 됐다. 사진 위주의 책이라 글은 얼마 안 됐지만 티베트인이 운전하는 차 안에서 경험한 얘기가 나와 있었다. 카 스테레오에서 흘러나온 애조 띤 티베트 멜로디를 운전사뿐 아니라 동승한 티베트 사람들도 극히 자연스럽게 따라 부르기에 그 가사의 뜻을 물어봤다고 한다. 그들은 그 노래가 옛날 아주 슬픈 운명을 타고난 형제의 이야기라면서 가사를 다음과 같이 해석해주었다고 한다.

1절-형이 아우에게

나는 타국으로 떠나지 않으면 안 된다. 슬퍼하지 말아다오, 아우야. 이것은 전생에서의 인과(因果)일 테니까. 언젠가 구름 사이로 볕이 드는 날도 있을 테니.


2절-아우가 형에게

나는 여기 남아 있을게요, 형님. 너무 마음 아파하지 말아주세요. 이것도 전생으로부터의 인과겠죠. 한 방울의 물도 결국에는 큰 바다로 흘러들어가는걸요.


3절-티베트 민중이 두 분에게

우리들은 고통을 달게 받겠습니다. 이것이 전생으로부터의 인과니까요. 제발 슬퍼하지 마셔요. 하늘의 해와 달 같은 두 분의 지킴덕으로 우리들의 오늘이 있으니까요.


형이 달라이 라마를, 아우가 판첸 라마를 가리키고 있다는 건 말할 것도 없으리라. 이런 가사의 노래를 차 안의 티베트 사

람들은 듣고 또 듣더라는 것이었다. 이른바 애창곡을 통해 읽어낸 당대의 국민 정서처럼 정직한 것도 없다고 생각할 때 이 상냥한 민족에게 외부 세계의 이분법적 사고방식은 폭력과 다름없을 것이다. 해 진 후의 달처럼 사랑받던 판첸 라마 7세는 1989년에 사망했고, 마침내 그의 환생이라고 믿어지는 어린이가 찾아져 오늘이 그 즉위식이라고 한다. 타쉬룽포 사원 법당에는 벌써 판첸 라마 8세의 사진이 모셔져 있었다. 대여섯 살 정도의 어린이였다. 라마의 고승들이나 유자격자들이 어떻게 부처의 환생을 선출하는지 아직도 신비에 쌓인 그 방법이 다소 의심스럽다 해도 그가 어떤 판첸 라마로 길러지느냐가 티베트 민중에 달렸다는 것은 의심의 여지가 없으리라.

판첸 라마를 단지 타쉬룽포 사원의 주인 자격 정도라고 생각한다 해도 대단한 신분임에는 틀림없었다. 여러 개의 강당과 수행하는 라마승들—오늘날에도 이 절에는 1천 명 가까이나 되는 수도승이 산다고 한다—그리고 어마어마하게 많은 경전이 있다는 도서관, 대장경 판목을 보관하고 있는 건물 등 학구적인 분위기는 이 사원을 규모에서뿐 아니라 품격에서도 다른

절과 구별 짓게 한다. 아까 바티칸과 비교했던 걸 국립대학 캠퍼스 정도로 정정해야 하지 않을까 싶어진다.

판첸 라마의 본찰답게 판첸 라마 1세의 영탑은 크기에 있어서나 별처럼 빛나는 무수한 보석에 있어서나 여태껏 본 어떤 영탑보다도 호사스러웠다. 세계 최대라는 어마어마하게 큰 미륵불에도 그렇게 금은과 각종 보석을 아낌없이 들어부은 걸 보면 도대체 이런 재력은 어떻게 조달할 수 있는지, 밖에서 본 극도로 검약한 서민 생활과 대조되어 혼란스러워진다. 이런 광기에 가까운 종교적 열정은 과학 문명 이전, 이 세상에 아직 많은 신비가 남아 있던 때나 가능했으리라고 여기고 싶으나 이 미륵불의 창조 연대는 1900년대 초로 돼 있다.

그러나 무엇보다도 전율스러운 이 사원의 볼거리는 1989년에 서거한 판첸 라마 7세의 미라이다. 사후 미라로 만든 시신 위에다 금을 입힌 그의 육체는 살아 있는 표정 그대로 눈을 크게 뜨고, 붉은 입술은 굳게 다물고 한 손엔 종을 들고, 다른 한 손에는 종을 울리는 봉을 쥐고 있다. 티베트 종의 특징은 흔들어도 소리가 나지만, 밖에서 봉으로 종 언저리를 한 바퀴 돌리고 귀 기울이면 명부(冥府)에서 울리는 것처럼 깊고 아득한 소리가 들린다. 생전에 설법할 때의 모습이리라. 왼쪽 손목에는 금시계까지 그대로 차고 있다.

치졸한 솜씨로 만들어진 부처도 오랜 세월의 풍상을 겪고 나면 은은한 신비감이 감돌게 마련이다. 그러나 틀림없이 잘 만들어진 이 불상이 풍기는 것은 이상한 귀기 같은 거였다. 괜히 등줄기에 한기가 느껴졌다. 고대의 기술로 신비화시켰던 미라술을 너무도 최근에 써먹었다는 게 혐오스러웠다.

타쉬롱포 사원의 인상을 한마디로 요약한다는 건 불가능할 것 같다. 이랬다 저랬다, 티베트와 티베트 민족에 대해 점점 더 알 수 없어졌다는 게 가장 정직한 고백일 것 같다.

시가채에서 시장 구경을 하기로 돼 있었고 우리 일행은 많은 기대를 걸고 있었다. 예로부터 인도, 부탄 등 이웃 나라와의 교역의 중심지여서 상업이 발달한 도시라고 한다. 시장 규모도 라싸보다 더 크고 물건도 많을 거라고 했다. 우리 일행은 신기한 구경을 질리도록 많이 한 데 비해서 집에 가지고 가서 자랑할 만한 토산품이나 민예품을 거의 못 산 채였다. 호텔 근처에

으레 몰려드는 보따리 장사 규모의 좌판에도 거의 한눈을 팔지 않았다. 아직 아무것도 못 산 허전함을 우리는 시가채에 가서 싹쓸이하자는 농담으로 달래곤 했다.

그러나 프리 마켓에서의 자유 시간을 나는 제대로 이용하지 못했다. 한 푼만 달라고 몰려드는 거지들이 그렇게 많은 데는 티베트에서도 처음이었다. 질적으로도 가장 집요했다. 어떻게 면해볼 도리가 없었다. 한두 푼 주느라 지갑을 연 게 잘못이라면 잘못이지만 발가벗긴 아이를 안고 이상한 소리로 잉잉대는 애 엄마를 날더러 어쩌란 말인가. 그게 화근이었다. 애 엄마한테 한 번 주었더니 어디서 맨 아픈 애를 안은 애 엄마만 수없이 나한테로 엉겨 붙었다. 그들에게 외국인이 돈을 주는 것은 적선이 아니라 약점을 드러내는 것이었다. 그가 어떤 부류에 약하다는 걸 간파하고 나면 같은 부류한테 연통을 하는 모양이었다. 헐벗은 아이한테 한 푼을 주고 나면 영락없이 고 또래의 헐벗은 아이한테 둘러싸이게 된다. 빨리 한두 가지 사가지고 도망을 치려 해도 거기 장사꾼은 물건값을 빨리 말하지 않는다. 얼마냐고 물으면 나더러 먼저 말을 하란다. "유 스피크, 하우

마치. 유 스피크, 노 프로브렘, 유 스피크."가 그들의 대답이니 미칠 지경이다.

거기서 주로 파는 건 마니차, 티베트 종 등 불구(佛構)를 비롯해서 터키석, 석류석, 마노 등으로 만든 장신구, 은세공품, 야크 뼈로 만든 공예품 등 잘 보면 건질 것도 있을 것 같았다. 하지만 흥정도 흥정이고, 지갑을 여는 것 자체가 겁나고, 못나게 지갑이나 움켜쥐고 우왕좌왕하는 자신이 혐오스러워져서 주어진 자유 시간조차 못 채우고 버스로 돌아오고 말았다. 같은 이유로 벌써 버스에 돌아온 이도 있었지만 버스라고 구걸하는 이들로부터 자유로운 건 아니었다. 나한테도 버스까지 따라온 애 엄마가 있었지만 딴 이도 마찬가지였다. 모두들 물건을 한 보따리 산 게 아니라 구걸하는 이를 줄줄이 거느리고 버스로 돌아오고 있었다.

판첸 라마 즉위식은 어디서 어떻게 거행됐는지 참석할 기회는 주어지지 않았지만 치르긴 치른 모양이었다. 그날 저녁 호텔 식당은 한산했다. 판첸 라마 8세의 터무니없이 어린 사진이 눈에 선했다. 몇 살이나 돼야 그가 구걸하는 동족을 보고 고뇌

할 수 있을까?

이 거친 산야를 바람처럼
스쳐가는 이방의 여행자가
어림짐작하기로는, 티베트
민족은 인간 정신의 저 아득
한 심연, 그 극한까지 도달
했다가 그 밑바닥을 박차고
높이높이 부처라는 깨달음
의 최고 경지까지 상승할 수
있기를 꿈꾸는 민족처럼 여
겨진다. 그건 혹독하게 단련된 정신만이 할 수 있는 일이다. 모
든 것이 평준화를 지향하는 세계적인 추세 속에서 그들의 독
특한 정신의 깊이와 높이는 존경받아 마땅하리라. 그러나 그건
어디까지나 개인 구원의 차원이 아닐까. 외부와 단절된 독특한
환경 속에서 나름대로의 방법으로 고루 의식이 충족되고 행복
을 향유할 수 있었을 적에 누릴 수 있던 정신문화였다. 기아선
상에 선 어린이와 애 엄마가 이민족의 소매에 매달려 구걸해야

만 일용할 양식을 해결할 수 있는 치욕적인 상황에서도 그들의 종교가 마냥 개인 구원의 차원에만 머물러 있다면 누가 그들의 종교를 존경은커녕 존재 가치라도 인정할 수 있겠는가. 그들의 열정적인 상승 욕구를 평면적인 이웃한테도 좀 확산시켰으면 싶었다.

이방인이 티베트에서 장려한 사원과 수많은 불상을 보는 일은 눈에는 최고의 사치요 충격이었지만, 그 이상은 되지 못했다. 마음의 평화나 기쁨은 못 느꼈다. 호화와 사치를 극한 불상과 이 땅의 극빈층이 저절로 대조가 되어 불상에서 느끼고 싶은 자비를 느낄 수가 없었기 때문이다.

6

모독冒瀆

팅그리는 파노라마처럼 펼쳐지는 히말라야 산맥을 가장 잘 바라볼 수 있는 전망대 같은 지방이라고 한다. 시가채에서 그곳까지 가는 길은 우리 일행에게는 고난의 길인 동시에 가장 행복하고 평화로운 여정이기도 했다.

　고난의 길이었던 까닭은 버스가 자주 고장을 일으켰기 때문이다. 닛산 버스와 함께 티베트 쪽에서 나온 운전사는 온순하고 선량한 티베트 청년이었지만 겨우 운전을 할 줄만 알지 차의 기관에 대해선 아무것도 모르는 듯했다. 다행히 얄룽창포강의 배 위에서 우리 일행을 기아선상에서 구해준 사장님이 차에 대해서도 아는 게 많아 손수 응급조치를 취해 차를 움직이도록 했다. 길이 끊어진 곳이 왜 그렇게 자주 나타나는지 툭하

면 내려서 버스를 밀지 않으면 안 되었다. 운전대는 사장님과 운전사가 번갈아 잡았다. 우리는 운전사가 운전을 할 때 차가 더 말썽을 일으키는 것 같아 조마조마했지만 그 청년은 되레 웃는 낯이었다.

이곳의 땅 기운이 우리에게도 옮아 붙었는지 그 와중에도 히말라야가 가까워질수록 마음속에선 이상한 흥분과 조바심이 일고 있었다. 팅그리까지 가는 길에는 라싸에서 장채까지의 아찔한 오르막길과는 달리 광활한 고원이 이어졌고, 어쩌다 평화로운 마을이 나타나기 전에는 평야라는 느낌보다는 황야(荒野)라고 해야 맞을 거친 암갈색의 불모지가 계속됐다.

불모지 저 멀리 아득한 곳에 사람이 남긴 자취라기보다는 자연의 침식 작용이 남긴 미국 서부의 모뉴먼트밸리를 연상시키는 조형물이 보일 적이 있는데 안내인 말에 의하면 문화 혁명 때 파괴된 절의 유적이라고 한다. 우리가 본 사원은 정책적으로 복원되거나 파괴를 면한 극소수의 사원이고, 거의 대부분의 사원이 문화 혁명 때 무자비한 파괴를 못 면했다고 한다. 그런 폐허가 지평선에 나타날 때마다 곧 사라질 신기루처럼 안타까

워하면서 카메라를 들이대고 싶어하는 여행객의 감상은 이미 휩쓸고 간 폭력에 비해 얼마나 연약하고 얄팍한가.

그러나 어쩌다 나타나는 마을은 그지없이 평화롭다. 야크 똥으로 덧칠한 흰 벽도 보기 좋고 집집마다 내건 오색의 깃발이 바람에 날리는 모습도 보기 좋다. 아무리 작은 마을도 불탑이 중심이 돼 있고, 고개마다 돌무더기와 오색 헝겊을 단 줄로 화려하게 장식을 하고 있고, 진언 '옴마니반메훔'이 새겨진 돌들도 흔하게 뒹굴고 있다.

성황당 같은 돌무더기는 고개마다 있는데 고개는 바람이 통과하는 구멍 노릇도 하는 것 같다. 흔들어댈 나무도, 사람의 집 문짝도, 전깃줄도 없는 바람은 허공에서 외롭게 제 목소리를 낸다. 공기 중에 흔들어댈 불순물조차 없어 조금도 굴절되지 않은 바람의 정직한 목소리를 누가 들어보았는가. 수많은 신을 만들어낸 이곳 사람들을 이해할 수 있을 것 같다. 허공에 모습을 드러냄 없이, 어떤 거대한 힘을 과시하는 소리를 듣고 있으면 저절로 바람의 신을 떠올리게 된다. 어떤 바람 소리는 바람의 신이 휘파람을 부는 것 같고, 어떤 바람은 바람의 신이 거대

한 날개를 펄럭이는 소리로 들린다.

이 척박한 땅에서 목초를 찾아 양 떼를 몰고 이동하는 유목민의 텐트를 심심찮게 볼 수 있는 것도 팅그리 지방이다. 텐트 속에는 1천여 년 전에도 그렇게 살았을 것이 틀림없는 최소한의 원시적이고 간략한 도구밖에 없고, 옷뿐 아니라 피부까지도 반들반들한 때로 한 꺼풀을 입고 있는 유목민은 구걸하지 않는다. 섣불리 뭘 주었다가는 무슨 무안을 당할지도 모른다는 생각이 들 정도로 도도한 표정을 하고 있는 이도 있다.

순례객들과 만나는 빈도가 늘어나는 데서도 히말라야가 가까워지고 있다는 걸 느끼게 된다. 불교 성지인 카일라스 산으로 향하는 순례자들은 여러 날이 걸리기 때문에 사원을 참배하는 사람들보다는 짐이 좀 있는 편이다. 혼자서 가는 사람도 있지만 마을 단위의 대규모 순례단도 있다. 이런 순례단은 마차에다 짐이나 아이들을 태우고 몇 날 며칠씩 걸어서 간다. 카일라스 산까지만 걸어서 가고 거기서부터 성스러운 산을 한 바퀴 도는 길은 오체투지로 가는 사람도 많다고 한다. 그런 사람들은 팔꿈치나 무릎, 손바닥에 대도록 만든 질기고 두터운 천을

사용한다. 가지고 있는 짐이 거치적대면 하루 동안에 오체투지해서 갈 수 있는 거리까지 걸어서 미리 짐을 옮겨다놓고, 처음 지점으로 돌아와서 오체투지로 짐이 있는 데까지 가는 방법을 쓴다고 한다. 더 열렬한 신자나 명상가 중에는 평생의 목표를 자기가 사는 고장으로부터 카일라스 산까지 오체투지로 가는 걸로 세우기도 한단다. 인도에서 카일라스 산까지 20년이 넘게 걸려도 그걸 실행할 계획을 세우고 있는 사람이 있다니 그저 놀라울 따름이다.

우리가 초모랑마(에베레스트)에 대해 외경심을 갖는 것은 세계의 최고봉이기 때문이지만 인도나 티베트, 네팔 등 힌두 불교 문화권에서는 카일라스 산을 창조의 근원이라고 생각하고 일생에 한 번이라도 순례하기를 열렬하게 소망한다. 순례의 길이 고통스러울수록 죄가 정화된다고 믿어 고통보다는 법열을 느낀다고 한다. 그들처럼 최소한의 소유로 단순 소박하게 사는 민족도 없다 싶은데 이런 엄청난 죄의 대가를 지불하려 들다니, 그들이 느끼고 있는 죄의식이 어떤 것인지 우리 같은 죄 많고 욕심 많은 인간에겐 상상조차 미치지 않는 영역일 듯싶다.

티베트 서부 오지의 카일라스 산을 이해하기 위해서는 우리의 얕은 불교 상식으로도 낯설지 않은 수미산(須彌山)이라고 생각하면 될 것이다. 이곳 사람들이 오체투지라는, 엄청나게 체력 소모가 크고 고통스러운 방법을 통해 이루어지기를 소망해 마지않는 것도 다시 인간으로 태어나는 것이라니, 온갖 안락과 사치를 누리면서 염세로 자살을 하거나 인간 혐오증에 걸리는 수가 많은 부자 나라의 실상과 비교해서 여간 아이러니한 일이 아니다.

우리하고 어울려 쉬기도 하고 손짓과 표정으로 의사소통도 한 순례단은 한 마을 단위의 대규모 순례단이었다. 워낙 인구가 희박한 지역이라 대규모라고는 하지만 어린이와 노인까지 다 합해서 서른 명 안팎이었다. 마침 마차에 싣고 온 간단한 취사도구를 내려놓고 식사를 하고 있었다. 식단은 라이보리를 가루로 만든 그들의 주식 참파하고 버터 차하고 약간의 육포가 전부인 간소하고 휴대하기에 편한 거였다. 한 끼 식사가 거창한 우리 상식으로는 정식 식사라기보다는 스낵 같은 느낌이 들었다. 호기심으로 구경을 한다는 게 그만 그들의 식사를 축내

게 되었는데, 얻어먹을래서가 아니라 그들이 뭐라도 먹이고 싶어해서 거절할 수가 없었다. 예전 우리 농촌에서 지나가는 방물장수도 맨입으로 보내지 않고 먹던 밥그릇에다 숟가락만 하나 더 꽂아서 붙들어 앉히던 인심하고 같아서 정이 갔다. 참파를 거절했더니 라이보리 볶은 것을 주었다. 볶은 것과 튀긴 것의 중간쯤 되는 구수한 맛이었다. 주머니에 넣고 다니면서 주전부리하기에 알맞았다.

동료 작가 이경자는 버터 덩어리 같은 걸 얻었는데 떼어서 맛을 보니 꿀이었다. 그들도 꿀은 소중하게 여기는 먹거리인 듯 엄지손가락 크기밖에 안 되게 조금 주었지만 진짜 토종꿀임은 의심할 여지가 없었다. 카일라스 산까지는 몇 날 며칠이 걸릴지 모르는데도 그들의 간소한 짐에는 텐트나 이불 같은 것은 보이지 않았다. 우리 같은 허약 체질이나 밤에 기온이 내려가는 걸 겁내지 계절적으로는 여름이었다. 노숙하기에 알맞은 계절일 것이다.

이경자는 또 우수 어린 미모의 티베트 청년으로부터 목걸이와 반지도 선물로 받았다. 이경자가 그의 장신구를 보고 참 좋

다는 시늉을 했더니 그 자리에서 벗어주었다. 그는 물론 아무
런 대가도 요구하지 않았다. 그런 일을 겪고 나니 우리한테 구
걸하던 수많은 사람들에 대해서도 다시 생각하게 되었다. 비루
한 거지 근성만 같아서 넌더리가 났었는데 그게 아니라 없는
자의 있는 자에 대한 당당한 요구였다면 어쩔 것인가.

이래저래 티베트는 신비의 나라라기보다는 나에게는 버거운
난해한 나라였다. 국경이 가까워서 그런지 중국 군인과 군대가
주둔한 건물이 많은 것도 팅그리 지방의 특징이었다. 중장비차
를 가지고 도로를 건설하고 있는 것도 군인들이었고, 공무원이
나 상인들이 한족 일색인 것도 이쪽이 더 심한 것 같았다. 제 땅
을 다 중국한테 내주고 순례만 하면 제일인가, 하는 생각도 들
었다. 유목민이나 순례자들의 순하디순한 표정에 비해 대체적
으로 거만하고 방약무인해 보이는 한족들을 보면 절로 그런 생
각이 들었다. 우리 땅이 남의 식민지였을 때, 우리나라에 들어
와 요직과 부를 차지한 일본인들의 표정도 그렇게 방약무인했
었다.

팅그리 못 미처 랏채라는 도시에서 점심 식사를 할 때였다.

처음부터 마음에 안 드는 도시였다. 한눈에 들어오는 작고 누추한 고장이었지만 그래도 도시라고 또 그렇게 할 일 없이 구걸을 일삼는 티베트 사람들 천지였다. 여행도 후반으로 접어들어 지칠 대로 지친 우리는 점심을 라면으로 먹기로 했지만 취사도구도 없이 길에서 먹을 수는 없는 일이었다. 길가의 작은 식당으로 들어가 요리를 몇 접시 시키고 물을 끓여줄 것을 부탁했다. 물론 중국 사람이 경영하는 식당이었다. 느글느글 기름이 흐르는 요리가 꽤 여러 접시 나왔다. 보기만 해도 라면에다 김치라도 넣어 먹어야 비위가 가라앉을 것 같아 우리 쪽에서 몇 명 부엌으로 들어가 직접 라면 요리를 했다. 그동안 손도 안 댄 요리 접시가 민망한 것은, 음식 찌꺼기를 바라고 문 앞에 수도 없이 모여선 거지 떼들 때문이었다. 어떻게 그렇게까지 배고프고 비참한 얼굴로 음식 접시를 바라고 섰는지. 그들은 다들 티베트 여자나 아이들이고 식당 주인은 한족 부부였다. 여자는 화장이 짙고 피둥피둥 거만한 여자였는데 티베트 사람 보기를 버러지 보듯 했다.

우리는 라면에다 김치를 섞어서 먹고 그 집 요리는 거의 다

남겼다. 굶주린 사람들이 호시탐탐 노려보는 앞에서 먹을 걸 남긴다는 데 죄의식을 느꼈지만 남긴 음식이 그들한테 갔으면 하는 한 가닥 바람도 없지 않았다. 결국 그들에게 가긴 갔다. 그 방법이 문제였다. 우리가 남긴 라면과 김치 국물을 한데 모으더니 거기다 남은 자기네 요리를 한꺼번에 쏟아부었다. 그렇게 개죽같이 만든 걸 그들에게 안겼다. 그러나 그건 몇 사람한테밖에 차례가 가지 않았을 것이다. 그 몇 사람도 어디 가서 분배의 문제로 싸울지도 모른다. 아귀다툼, 아귀지옥에 빠지는 걸 가장 두려워하는 사람들의 아귀다툼은 어떤 것일까? 그 심통사나운 한족 여주인의 얼굴에는 그것까지 계산한 교만한 쾌감이 적나라하게 나타나 있었다.

그 여자가 한 짓은 적선도 보시도 나눔도 아니었다. 같은 인간에게 그럴 수는 없는 일이었다. 그건 순전히 인간에 대한 모독이었다.

먼저 그 개죽 같은 걸 얻어걸린 이들은 도망치듯이 사라졌지만 아직도 아무것도 못 얻어 가진 이들이 문간에 남아 있었다. 우리는 그들에게 빈 페트병, 스티로폼 라면 용기라도 내주지

않으면 안 되었다. 밖으로 나와보니 이 작은 도시 여기저기 뒹구는 게 화석 연료의 마지막 쓰레기인 비닐 조각, 스티로폼 파편, 찌그러진 페트병 따위 등 생전 썩지 않는 것들이었다. 뚱뚱한 식당 주인 나무랄 자격은 아무에게도 없었다. 우리의 관광 행위 자체가 이 순결한 완전 순환의 땅엔 모독이었으니.

당신들의 정신이 정녕 살아 있거든 우리를 용서하지 말아주오, 랏채를 떠나면서 남길 말은 그 한마디밖에 없었다.

랏채까지는 대평원이었으나 그 다음부터는 협곡이나, 계곡과 단애를 낀 굴곡이 심한 오르막길이었다. 차가 언제 무슨 변덕을 부릴지 몰라 줄창 조마조마했다. 중간에 주유소가 없어 국경까지 갈 만한 연료를 싣고 다닌다고는 하나 그것도 충분치 못하다는 거였다. 한없이 선량해 보이는 티베트 운전사는 차를 움직이게 하는 운전 기술 외에 차가 움직이는 원리나 부품에 대해서는 전혀 맹문이었다. 차에 정통한 사장님이 우리 일행인 게 얼마나 다행인지 몰랐다. 사장님 말에 의하면 연료가 달랑달랑하는 것도 운전 미숙 때문이라는 거였다. 오르막길에서는 어떻게 하고 내리막길에서는 어떻게 해야 된다고, 조수석에

앉아 누누이 가르치고 있었지만 그가 알아들은 것 같지는 않았
다. 나중에는 기사를 조수석에 앉히고 사장님이 운전대를 잡았
다. 우리는 사장님이 운전대를 잡으면 마음이 놓여 바깥 구경
도 하고 낮잠도 즐길 수가 있었다. 그러나 하도 중국 군인들이
많은 고장이라 혹시 걸리면 그것도 위법이 되지 않을까 걱정이
되기도 했다. 여기서 만일 차가 전혀 안 움직이게 된다고 상상
만 해도 아찔했다.

# 7

# 아아, 초모랑마

텅그리는 여태껏 우리가 머문 고장 중 고도가 가장 높다고 했다. 여독과 고산병 증세가 겹쳐 모두 탈진 상태였다. 계단을 오를 때가 가장 힘들었다. 한 발자국을 오를 때마다 쉬면서 차오르는 숨을 조절해야만 했다. 식당에 가는 것도 귀찮아 끼니도 거르고 싶었다. 의욕 상실이었다. 자기 전에 베개만 한 산소통을 지급받았다. 지금까지 받은 산소통 중 가장 큰 거여서 그것만 풀어놓으면 방 안에 산소가 충만한 상쾌한 느낌이 올 줄 알았는데 아무렇지도 않았다.

그러나 밤하늘의 별은 놀라웠다. 세상을 잘 만나 여기저기 돌아다녀본 데도 많고 지상의 모습뿐 아니라 밤하늘의 모습도 나라마다 다르다는 것을 알게 됐지만 텅그리의 밤하늘처럼 신비하게 별이 빛나는 것은 처음 보았다. 잃었던 유년기의 신비까

지 가슴으로 쏟아져 내리는 것 같았다. 혹독한 기후를 견디며 불모의 황원에서 노숙하는 유목민도 저런 밤하늘을 이고 자리라. 그들의 상상력이 화려 찬란하고도 천상적인 까닭을 알 것 같았다. 그들 상상력의 총집결이 그 장엄하고도 사치를 극한 사원의 불상들이 아닐까.

다음 날도 히말라야 산맥을 전망하기에 좋은 쾌청한 날씨였다. 우리가 에베레스트라고 부르는 히말라야 최고봉을 여기서는 초모랑마라고 한다. 에베레스트는 그 산이 최고봉이라는 걸 발견한 서양 사람의 이름에서 따온 거라고 한다. 세균이나 바이러스만 발견해도 거기다 제 이름을 붙이고 싶어하는 게 서양 문명이니까 어련했겠는가. 그러나 초모랑마는 최고봉이라는 게 발견되기 전에도 최고봉이었고 이름이 붙여지기 전부터 거기 있었다. 에베레스트는 칠성이가 미국 가서 리차드가 된 것 같은 이름이니 본고장에서는 초모랑마라고 불러주는 게 예의일 것 같았다. 티베트 특유의 깊고 청명한 하늘을 이고 순결한 은빛으로 빛나는 히말라야의 대 파노라마 앞에 우리는 조용히 숨을 죽였다. 너절한 수다를 떠느니 침묵으로 오체투지하는 게 이 위엄과 미를 아울러 떨치고 있는 세계의 지붕에 대한 예의일 것 같았다. 초모랑마에 연이은 눕체, 칸첸중가, 초오유 등의 거봉이 다 은백색으로 빛나는데 초모랑마만은 오렌지색에 가까운 색을 하고 있었다. 상냥한 은백색에 비해 그게 도리어 무장을 하고 정좌한 장군처럼 장한 기상과 위엄을 떨치고 있는 것처럼 보였다. 초모랑마의 티베트 쪽 면은 거의 직벽으로 돼 있어서 눈이 쌓일 수가 없기 때문에 그렇게 보인다는 게 가이드의 설명이었다.

최고봉에다 직벽이라니, 그건 인간의 섣부른 접근을 불허하는 산의 준엄한 경고일 터였다. 그러나 산악인에겐 그 직벽이 오히려 도전하고픈 유혹을 참을 수 없게 한다는 것이었다. 우리나라에선 허영호가 처음으로 티베트 쪽으로 해서 초모랑마 정상에 오르고, 내려올 때는 네팔 쪽으로 내려왔다고 한다. 그가 정복한 게 아니라 초모랑마가 그를 허락했으리라.

우리가 세계의 지붕이라고 부르는 이 티베트 고원은 5천만 년 내지 1억 년 전에는 바다였다고 한다. 그럼 인도 대륙은 자연히 거대한 섬이었을 것이다. 거대한 섬이 무슨 까닭으로인지

북진을 해 아시아 대륙과 충돌을 하면서 그 힘으로 바다 밑이 솟아올라 광대한 고원이 됐다고 한다. 그 증거가 되는 어패류의 화석이 지금도 이 고원 여기저기서 많이 발견되고 그건 지금도 이곳 시장의 중요한 관광 상품이 되고 있다.

오늘 아침 우리 숙소에도 마을 소년이 가져온 암모나이트를 우리 일행 중 치과 의사가 사가지고 우리에게 자랑한 바가 있었다. 도대체 바다 밑을 세계에서 제일 높은 땅으로 밀어 올린 에너지란 어떤 것이었을까. 땅의 광란이었을까? 하늘의 분노였을까? 그 해답을 성적인 에너지에서 찾은 게 티베트 사람들이 아닐까. 이 땅을 생성한 그 엄청난 기운이 이 거친 땅에 몸 붙이고 살게 된 사람들의 의식에 옮아 붙지 않았을 리가 없다. 이곳 사람들의 최고 성지 카일라스 산도 남성적 에너지의 상징이니만치 반드시 여성적 에너지의 상징인 마나사로와르 호수와 짝을 이루어 숭배받는다고 한다. 흔히 우리가 탄트라 불교라고 말하는 티베트 불교에서는 몇 단계의 깨달음을 거친 마지막 경지, 즉 해탈의 경지를 시바 신(男神)과 샥티 신(女神)의 성적인 에너지가 합일된 경지로 본다고 한다. 그렇지만 그들이 그렇게

열정적으로 신앙하는 성적인 것은 쾌락적인 기능보다는 창조적인 기능에 있을 것이다. 이 척박한 고장에서는 살아 있는 모든 것이 신비이고, 혼자서는 존재할 수 없고 서로 의지하고 있다는 걸로 귀하지 않은 게 없다.

우리가 지금 가고 있는 네팔은 한없이 우아하게, 그러나 아무도 넘볼 수 없는 위용으로 버티고 서 있는 히말라야 산맥 저 너머이다. 다행히 네팔로 통하는 5천 미터급의 협곡이 있다고 한다.

고도가 5천 미터를 넘으면 거의 아무것도 자라지 않는 게, 달나라의 풍경을 연상시킨다. 그래도 지구란 좋은 데다. 자세히 보면 이끼가 있고, 이끼 위에 거짓말처럼 꽃이 피어 있다. 마치 암녹색 융단 위에다 수를 놓은 것처럼 그들은 꽃대가 따로 없이 이끼와 같은 높이로 겸손하게, 그러나 선연하고 강인하게 피어 있다.

5,200미터 높이를 통과하고 나자 길은 급경사가 지기 시작했다. 그날 안으로 국경 도시 장무까지 가야 하는데 장무의 고도가 1,500미터라니 거기서 산소가 넉넉한 공기를 호흡할 수 있

을 생각을 하면 가슴이 다 두근거렸다. 그동안 잘 견디어온 우리끼리 서로 축배라도 들어야 할 것 같았다. 그러나 우리의 말썽꾸러기 버스는 내리막길을 더 힘들어했다. 가다가는 서고, 가다가는 서서 사람이 내려서 밀어줘야 움직이는 건 그래도 참아줄 만한데 요지부동 서버리는 빈도도 잦아졌다. 티베트 운전사가 운전대를 놓은 지는 오래고, 사장님이 운전을 전담하고 있었는데 차가 그렇게 고약하게 굴 때마다 무슨 수를 써서든지 움직이게 하는 것도 사장님이 전담했다. 그 일이 보통이 아니었다. 차 밑으로 들어가 누워서 고치기도 하고, 차 안에서 기관의 뚜껑을 열고 뭐가 막혔는지 기름이 통하는 호스를 입으로 빨기도 했다. 현지 운전사는 그럴 때도 아무런 쓸모가 없었고 우리도 마찬가지였다. 내려서 밀라고 할 때마다 그래도 조금이나마 그에게 도움이 될 수 있을 뿐이었다. 그가 없었다면 우리 일행의 여행은 어떻게 됐을까 생각만 해도 아찔했다.

버스가 말썽을 안 부렸다 해도 운전 솜씨를 익힌 지 얼마 안 되는 미숙한 기사에게 목숨을 맡기기에는 너무도 위험한 길이었다. 5,000미터에서 1,500미터까지의 급경사면을 직선으로 찻길을 낼 수는 없는 일, 당연히 구곡양장의 꼬부랑길에다 한쪽은 단애고 한쪽은 천야만야한 낭떠러지였다. 사장님이 운전대를 잡았으니까 농담도 하고 경치 구경도 하지 그렇지 않았으면 불안해서 지레 간이 졸아붙고 말았을 것이다.

언제 또 고장이 날지 조마조마한 중에서도 감동의 환호성이 절로 나온 것은 나타나기 시작한 녹색 때문이었다. 먼저 키 작은 나무들이 나타나고 활엽수림으로 바뀌는데 우주 여행에서 지구에 안착한 것만치나 감격스러웠다. 아득한 낭떠러지 밑 계곡엔 위에서 보기에도 속도가 무시무시한 격류가 흐르고, 그 격류를 향해 사방에서 곧장 내리꽂히는 무수한 폭포는 실로 장관이었다. 히말라야에서는 최소한 7천 미터는 넘는 봉우리라야 이름이 붙지 그 이하는 다 무명의 산이라고 하던데, 이 장대한 폭포들도 마찬가지일 것 같다. 몇백 미터짜리 폭포라 해도 하늘에서 거꾸로 뿜어대는 분수 줄기처럼 무수하니 무슨 수로 이름이라도 얻어 가졌겠는가.

차가 고장날 때마다 고생은 사장님 혼자서 하고 우리는 내려서 숲의 나무와 풀을 보고 즐거워했다. 우리나라 산야에서 흔

히 보던 잡초와 들풀이 그렇게 반가울 수가 없었다. 실은 내 나라에서 조금 더 멀어졌는데도 문턱까지 다 온 것 같은 기분이 들기도 했다.

야생 난을 캔 사람도 있었고 나는 싱아를 발견했다. 소설 제목으로 쓴 후 실물이 어떻게 생겼는지 궁금해하는 소리를 여러 번 들었는데 아무에게도 속 시원히 보여주지 못했다. 서울 근교에서 비슷한 풀을 발견하고 줄기를 먹어보려 해도 비리비리 메말라 이게 정말 어려서 내가 주전부리하던 그 싱아일까, 긴가민가했었는데 영락없이 어린 날의 그 싱아가 풀섶에 지천으로 나 있지 뭔가. 살찐 줄기에 물기도 많아 꺾어서 먹어보니 바로 그 맛이었다. 이경자한테도 바로 이게 싱아라고 맛을 보였더니 새콤달콤한 게 먹을 만하다고 한다. 그러나 맛만 보고 많이 먹지는 않았다. 토양에 따라 독소가 있으면 어쩌나 싶은 조심성 때문이었다.

천지가 녹색으로 변하면서 버스 고장도 겁나지 않았지만 도중에 너무 많이 지체를 하다 보니 장무에 도착하기 전에 날이 저물었다. 어둑어둑한데 이번에 난 고장은 호락호락하지 않은 것 같았다. 장시간 버스 밑에 들어가 악전고투를 하던 사장님이 가이드한테 장무까지 걸어서 얼마나 걸리겠느냐고 물어보는 게 심상치가 않았다. 도움을 청하거나 편승할 차가 전혀 없는 산중이었다. 다행히 걸어도 한 시간밖에 안 걸리는 거리라고 했다. 그 정도면 자신 있었다. 혼자도 아니고 여럿이 그까짓 내리막길 한 시간 정도 걷는 것도 재미있을 것 같았다. 씩씩하게 걷고 있는데 뒤에서 빵빵거리며 버스가 따라왔다. 단념을 안 하고 집요하게 고치던 사장님이 마침내 성공을 한 모양이었다.

만일 그때 버스를 못 고쳤으면 어쩔 뻔했나 생각만 해도 아찔한 건, 다시 차를 타고 나서는 차의 컨디션이 비교적 양호했는데도 장무까지 두 시간이 넘게 걸렸기 때문이다. 걸어서 한 시간이라는 계산이 어떻게 나왔느냐고 가이드한테 물었더니 그가 차고 있는 고도계가 측정한 고도와 장무 시의 고도로 미루어 짐작한 거리는 그 정도면 충분할 줄 알았다는 것이었다. 매사에 용의주도하고 해박한 가이드였지만, 길이란 폭포의 통로처럼 직선일 수도 없는 일이니, 그 굴곡의 계산을 무슨 수로 정확하게 하겠는가.

장무는 티베트라고는 믿어지지 않게 흥청거리고 활기가 넘치는 고장이었다. 밤에 도착했기 때문에 산중의 깎아지른 듯한 벼랑을 타고 발달한 도시가 마치 불 밝힌 거대한 빌딩처럼 보였다. 노래방도 있는 것일까, 어디선가 질탕한 풍악 소리가 밤새도록 들리고, 술 취한 소리, 떠드는 소리도 들렸다. 아침에 깨어보니 길가에 즐비한 상점은 자본주의 세상의 상품들로 풍성했다. 그러나 대부분의 상인은 중국 사람도 티베트 사람도 아닌 네팔 사람들이었다. 이마에 빨간 점을 찍고 전통 의상으로 화려하게 단장한 네팔 여자들이 마치 고향 아줌마처럼 반갑게 느껴지는 이상한 아침이었다. 그러나 국경 세관에서 잔뜩 거드름을 피우며 오만불손한 태도로 우리의 여권을 심사하는 세관원은 죄다 새파랗게 젊은 한족이었다.

이제 그 말썽꾸러기 버스하고도 작별이었다. 버스와는 상관없이 티베트 운전사와 안내양을 우리는 다들 좋아하고 정도 들었기 때문에 마음으로부터 작별을 아쉬워하면서 따뜻한 포옹을 나누었다. 괜히 가슴이 뭉클하면서 우리와의 만남이 저들에게 무엇이 되어 남을까 걱정이 되었다. 우리의 관광 작태가 저

들에게 모독이나 되지 않았으면 좋으련만. 나에겐 아직도 랏채
에서의 기억이 상처처럼 생생하고도 고약했다.

　누가 시켜서 하는 걱정은 아니었다 해도 쓰레기 문제는 줄창
나를 가위눌리게 했다. 썩지 않는 쓰레기들이 싫고 무섭고 꼭
그 쓰레기 때문에 뭔가 불길한 일이 터지고 말 것 같았다. 하여
쓰레기가 없는 고장, 모든 것이 완전 순환되는 고장이 있다는
건 이상향에 관한 정보나 마찬가지였다. 그러나 막상 내가 본
이상향은 쓰레기 더미에 깔려 죽을지언정 도달하고 싶지 않은

곳이었다. 이상향이란 이 세상에 있지 않은 곳, 곧 천국이 아닐까? 천국에 들어갈 자격을 왜 그렇게 가혹하게 제한했는지 알 것 같다. 나는 천국에 들기에는 너무 많이 가지고 있구나.

자본주의 냄새가 물씬 나는 나는 네팔 땅을 밟으면서 고작 그따위 생각이나 했다.

네팔 여행기

# नेपाल

# 1

# 세 번째 방문

네팔 땅에서 제일 먼저 우리 일행을 반긴 것은 카트만두에 있는 혜초여행사에서 보내준 버스였다. 우리나라 여행사 버스라서가 아니라, 언제 고장날지 몰라 조마조마하지 않아도 된다는 것 때문에 그렇게 반가울 수가 없었다. 국경에서 카트만두까지도 거의 하룻길이었다. 그러나 그동안 줄창 절경이 이어졌다. 깎아지른 듯 급경사를 이룬 짙푸른 산자락을 하얀 비말을 뿜으면서 수십 수백 갈래의 폭포가 곤두박질쳐 내리꽂히는 계곡 물은 이상하게도 짙은 황토색이었다. 폭포가 수정처럼 맑아 보이는 것과는 대조적이었다. 워낙 여러 개의 폭포가 무서운 속도로 내리꽂히는 데다 강의 흐름 또한 급류니까 물 맑을 새가 없나 보다.

　그러나 굉음을 내며 흐르는 강을 낀 도로변에는 장사 잘하고 낙천적인 네팔 사람들의 사는 모습이 활기차고도 명랑하게 펼쳐지고 있었다. 아이들은 귀엽고 붙임성 있고, 네팔 여자들은 미인인 데다 멋내기를 좋아한다. 거의 다 전통 의상을 입고 있는데 인도의 사리하고 같다. 현란하면서도 세련된 색상은 그들의 미적 감각과 함께 풍족한 자연환경의 혜택을 짐작하게 한다. 방콕으로 해서 네팔로 들어올 때는 못 느껴본 느낌이다. 나도 모르게 티베트의 가혹한 환경과 비교가 되는 걸 어쩔 수가 없다. 네팔 사람들의 피부는 동양인으로서도 까무잡잡한 편이지만 생긴 건 백인에 가깝다. 두상은 앞뒤로 튀어나오고 콧날이 서고, 쌍꺼풀 진 큰 눈엔 우수와 부끄러움이 서려 있고, 키는 큰 편이 아니지만 살찐 사람이 별로 없어 대체적으로 날씬하다.

카트만두가 가까워질수록 도로변에는 변화한 마을이 자주 나타난다. 가게마다 갖가지 열대 과일과 채소가 풍성하게 쌓여 있고, 일용 잡화를 파는 가게들도 상품이 없는 게 없이 풍부하다. 생태 비슷하게 생긴 생선을 꾸둑꾸둑하게 말려 여러 마리씩 끈으로 꿰 매달아놓은 음식점도 있고, 가게 앞에다 기름 가

마를 내놓고 멸치만 한 생선을 튀겨서 파는 집도 있다. 이렇듯 물고기가 많은 것은 이 도로가 강을 끼고 있기 때문일 것이다. 먹을거리가 넉넉하여 여유로운 풍경이 얼마 만인지 몰랐다. 식물한계선보다 높은 데서도 사람이 살 수는 있으되 그 사는 의미의 치열함이 처연하게 느껴졌다. 아직도 티베트의 인상에서 벗어나지 못하고 있었다.

우리는 그쯤에서 쉬어가기로 하고, 길가에 내놓은 평상에 앉아 잔 생선 튀김을 안주로 맥주를 마시니 그 고소하고 시원한 맛이 바로 이 맛, 고향의 맛이라고 큰 소리로 주접을 떨고 싶게 좋다.

우리 등 뒤에 있는 집 들창으로는 귀엽게 생긴 계집애 둘이서 고개를 내밀고 구경을 하다가 우리하고 눈만 마주치면 숨었다 다시 배시시 웃으며 고개를 내미는 게 꼭 내 손녀딸만 하고, 건너편 추녀 밑에서 한가로이 딸 머리의 이를 잡고 있는 모녀는 꼭 내 유년기 같다. 장사를 하지 않는 여자들도 골목에 나와서 저희끼리 얘기도 하고 관광버스를 보고 미소 짓기도 한다. 카트만두와 가까워질수록 나는 가벼운 흥분에 휩싸인다.

카트만두는 네팔의 수도로서뿐 아니라 한때는 히피들의 천
국, 국제적 히피들의 종착역으로도 알려진 데라 그런지, 누구
에게나 잠재해 있음직한 히피적인 면을 슬슬 부추기는 것 같
은 도시다. 여태껏 살아온 각박하고 규격화된 삶과 그 삶을 부
둥켜안고 죽자구나 건져 올린 중요하다고 생각하던 것들이 하
나도 안 중요해지면서 문득 행방불명을 꿈꾸게 된다. 5년이나
10년쯤 머리를 감지도 빗지도 자르지도 않아 무릎까지 내려온
흰 머리에서 이가 들끓게 되면 설산수도(雪山修道)한 도사 자격

으로 족할까? 그런 공상은 너무도 즐겁지만 실제의 나와는 극에서 극이기 때문에 한 번도 피워보지 못한 마리화나의 기운 같은 걸 빌린 것처럼 몽환적이다.

티베트와 인도 사이에 낀 해삼같이 생긴 나라 네팔의 표고는 1,400미터, 열대에 가까운 위도상에 있지만 산지여서 기후는 사철 온난하고 사철 푸르르다. 티베트하고는 히말라야가, 인도 하고는 타라이 평야의 정글이 장벽이 되어 이 나라를 외세로부터 안전하게 지켜주었다고 한다. 네팔 남부의 정글 지대는 맹수와 질병이 들끓어 인도를 침공한 영국군조차도 네팔까지 넘볼 수가 없었다. 이런 천연의 요새 덕택으로 한 번도 남의 나라 식민지가 된 적 없이 독특한 문화를 이룩했다는 게 네팔 사람들의 큰 자랑거리이다. 대부분 산지 아니면 밀림으로 돼 있는 이 나라에서 카트만두는 분지이다.

그것도 인연이라면 인연일까, 이 지구상에 네팔이라는 나라가 있다는 것도 모를 때부터 카트만두에 대해서는 들은 적이 있다. 지금부터 거의 이삼십 년 전쯤이었다고 생각되는데, 그때 어떤 여행가한테 들은 이야기로는 명색이 일국의 수도인데 아

침이면 닭 우는 소리에 잠을 깨고, 길에 나가면 임자 없는 순한 들개들이 발길에 차이고, 땅에는 온갖 꽃이 만발한데 고개를 들면 사철 눈을 인 히말라야의 연봉이 굽어보고 있다는 것이었다. 그때만 해도 우리나라에도 닭 우는 소리에 잠을 깨는 농촌이 흔해빠질 때였지만 수도가 그렇다는 것은 듣는 사람에게 묘한 울림을 전해왔다. 카트만두…… 입속으로 궁굴려볼수록 현실적인 고장이 아니라 시간 속에 묻힌 전설의 도시처럼 몽롱하니 신비스러워지곤 했다. 신비한 고장이란 결국 다다를 수 없는 고장이어야 하지 않을까. 그때부터 카트만두를 문득문득 동경하게 되었다 해도 언젠가는 갈 수 있으리라는 기대 같은 건 없었다.

뜻하지 않게 카트만두에 갈 기회가 생긴 것은 작년(1995년)

1월이었고, 물론 그 도시가 네팔의 수도라는 걸 안 지 오랜 후였다. 마침 우리나라에 불법 취업한 네팔 노동자들이 사람다운 대접을 요구하며 명동 성당에서 데모를 한 후라 우리에게 알려진 네팔은 단지 못사는 나라일 뿐이었다. 우리나라에서 이삼 년만 고생하면 귀국해서 집도 사고 땅도 사서 평생을 먹고살 수 있는 기틀을 마련할 수 있을 정도로 못사는 나라라고 했다. 그런 나라에 대해 우리는 기본적인 호기심조차 없이 그만하면 다 알았다는 식으로 난폭하게 진단해버리는 수가 많다.

내가 네팔에 간다니까 주위의 반응도 무얼 찾아먹으러 하필 네팔이냐는 식의 시큰둥한 것이었다. 그러나 나는 아직도 카트만두에 대한 신비감이 남아 있었기 때문에 설레는 마음으로 여행길에 올랐다. 작년에 이어 금년 1월에도 또 한 번 네팔을 다녀왔고, 이번에 티베트를 거친 건 금년 들어 두 번째고, 통틀어 세 번째의 네팔 여행이었다. 이번엔 하필 우기(雨期)였다. 6월부터 9월까지가 우기라는데 6월 초였다. 온종일 오는 건 아닌데 한번 오면 무섭게 왔다. 네팔이 작은 나라인데도 큰 나라처럼 느껴지는 건 마음 놓고 마냥 어슬렁거리거나 아무 데서나 퍼질

러 앉아도 시간 가는 줄 모르게 되는 그 편안함과 여유 있는 한
가로움 때문인데 하늘을 보며 조바심을 한대서야 그 맛이 날
리가 없었다. 또 이번 여행은 네팔이 주 목적지가 아니라 티베
트에서 돌아가는 길에 들러야 하는 경유지였다. 그 일정도 짧
았거니와 워낙 힘든 여행 끝이라 우기가 시작된 걸 오히려 잘
됐다 여길 정도로 쉬고 싶은 마음뿐이었다.

　이런 까닭으로 네팔 기행기는 지난 두 차례에 걸친 네팔 체험
을 써서 이미 발표한 「지구가 아름다운 까닭」(『녹색평론』 1996년
5~6월호)을 수정하고 보완하는 정도로 하겠다.

2

# 카트만두

지도상으로 보면 네팔은 히말라야 산맥의 중부 남쪽에 위치하고, 북쪽으로는 중국과 맞닿아 있고 동서남 3면은 인도와 경계를 이루고 있어 유럽에 비해 훨씬 짧은 시간 안에 갈 수 있을 것처럼 보였다. 그러나 직항 노선이 없어서 네팔 항공으로 갈아타려면 시간이 만만치 않게 걸린다. 방콕에서 하룻밤을 자야 했으므로 카트만두까지 이틀이 걸린 셈이었다.

　　카트만두는 결코 시간 속에 묻힌 고대 도시가 아니었다. 일국의 수도라기보다는 선진국의 폐차장을 방불케 했다. 선진국 중에는 당당히 우리나라도 포함돼 있어서 국내에선 똥차 명단에도 못 낀 지 오래된 '브리사'가 버젓이 영업을 하고 있었다. 거리를 뒤덮은 고물차들이 재주껏 곡예 운전을 하면서 내뿜는 매연이 카트만두 분지 상공을 빠져나가지 못하고 자욱하게 고여

있어서 히말라야는커녕 가까운 산들도 잘 안 보였다. 없는 나라 차가 없다고 할 정도로 각국의 고물차들은 다 볼 수 있는 까닭 중의 하나는 유럽의 젊은이들이 낡은 차나 버스를 한 대 사가지고 나라마다 색다른 풍물을 즐기며 지구를 반 바퀴 도는 긴 여행 끝의 종착역이 바로 카트만두이기 때문이란다. 타고 온 차를 여기서 팔면 그동안의 여비뿐 아니라 돌아갈 비행기표 값까지 떨어질 정도로 아무리 고물차라도 차값이 비싼 게 이 나라라고 한다. 바퀴 달린 건 아직 자전거도 못 만든다는 이 나라의 비극이다. 공업화하고 상관없는 공해여서 더욱 민망하다.

교통 혼잡 속에서 좀처럼 속도를 못 내는 차 안에서 내다만 보아도 이 나라 사람들이 얼마나 오랫동안 신과 영원에 대한 동경과 경건한 마음을 잃지 않고 이 도시에 몸 붙이고 살았나를 도처에서 느낄 수가 있다. 우리 아이들과 다름없는 복장을 한 초등학생에서부터 길가에 우두커니 서 있는 노인이나 화려한 전통 의상을 입은 아가씨에 이르기까지 거의가 이마에 새빨간 곤지를 찍고 있고, 그건 아침에 기도를 하고 나왔다는 표시라고 한다. 거리는 다갈색의 침착한 목조건물이 많고 조금 눈

에 띄는 집은 사원이나 신당이고, 이 분지를 에워싼 산에서 카
트만두를 굽어보고 있는 것도 사원이나 불탑이다. 특히 푸른
언덕 위에서 이 도시를 굽어보고 있는 불탑 스와얌부나트는 뭐
라고 말할 수 없이 신비스럽다. 분지를 빠져나가지 못하고 고
여 있는 매연도 이 사원을 신비롭게 감싸는 베일 같은 구실을
한다.

사원이고 신당이고 궁궐이고 상가고 세월의 더께 아니면 도
저히 못 낼 그 참중한 다갈색으로, 또는 시간에 짓눌린 그 삐딱
함으로 이곳이 비단 일국의 수도일 뿐 아니라 유서 깊은 고도
(古都)임을 말해준다.

카트만두에 온 관광객들은 대개 제일 먼저 더르바르 광장을
찾게 된다. 이 나라 특유의 목조건물의 진수를 볼 수 있는 곳이
기도 하고, 역사와 현재가 함께 조화롭고도 명랑하게 살아 숨
쉬는 곳이기도 하다. 이 광장을 구왕궁 광장이라고도 하고, 하
누만도카(Hanuman Dhoka)라고도 하는데 입구에 원숭이 신인
하누만 상이 있어서 붙여진 이름이라고 한다. 빨갛게 칠해진
하누만 상한테 뭔가를 열심히 비는 사람들을 볼 수 있다. 17세

기 초에 건조됐다는 왕궁과 사원이 다 목조로 된 중층(重層) 건물이어서 창틀이나 칸막이의 복잡하고 아기자기한 조각이 돋보인다. 인도 쪽으로만 내려가도 대리석을 가지고도 레이스 뜨기처럼 미려하고 섬세한 부조를 한 난간이나 칸막이가 얼마든지 있다는 것을 아는 관광객에게는 별거 아닌 걸로 보일 수도 있을 것이다. 그러나 우리 전통 가옥의 나무 문짝이나 덧문 창살의 단순하면서도 기품 있는 멋에 익숙해진 눈으로 볼 때는 나무의 소박함을 최대한으로 살린 기교에 친근함을 갖게 된다.

그들이 나무 문양을 얼마나 좋아하고 있는지는 현대 건축을 봐도 느껴진다. 일급 호텔의 엘리베이터 문이나 객실의 창문이 다 그들 특유의 정교한 목조각품으로 되어 있다. 우리가 고가의 덧문을 떼어다 아파트의 칸막이로 이용하는 것과 비슷한 듯하지만, 우리가 옛것을 이용하거나 현대에다 억지로 갖다 붙이는 것과 달리 그들은 생활 속에 그냥 이어오고 있다.

역시 나무 문양이 정교한 궁전 창문으로는 나무로 깎은 시바 신과 샥티 신이 광장에 모인 군중을 향해 답례하는 포즈로 내다보고 있다. 자세히 보면 왕의 한 손은 왕비의 젖가슴 위에 넌

지시 얹혀 있다. 광장에 있는 사원 추녀 밑을 둘러싼 채색된 부조도 적나라한 성애의 장면인데 체위가 다양할 뿐 아니라 한 남자가 복수의 여자와, 한 여자가 복수의 남자와, 심지어는 인간과 짐승의 교접도 있다. 그런 그림들이 다만 유쾌할 뿐 음란하지도 괴기해 보이지도 않는다. 남녀의 성적 결합을 신과 지상에 존재하는 것들과의 행복한 합일로 보고 찬양한 밀교 사상을 반영한 것일 듯싶다.

이 광장 안에 있는 오래된 목조 사원의 이름은 가스타 만다프(Kastha Mandap)라고 하는데 카트만두라는 수도 이름이 거기서 유래됐다고 한다. 사원 전체가 아주 큰 한 그루의 나무로 지어졌다는 전설이 있기도 하다. 왕궁과 유서 깊은 사원들이 모여 있는 이 광장은 시정의 잡담으로부터 격리되거나 특별히 보호됨이 없어 시장통과 다를 바가 없다. 과일 장수도 있고 민예품 장수도 있고 그냥 이 화창한 날을 즐기며 담소를 나누는 사람들도 있고, 네팔의 고유한 악기를 연주하는 사람도 있다. 다갈색의 목조건물들은 정교한 창틀마다 먼지가 두텁게 앉아 있고, 삐딱하게 기운 것도 있지만 안팎의 변화한 인기척 때문에 현재

사람이 거주하는 집 같지, 고적 같은 느낌이 별로 안 든다.

힌두 문화권에는 신이 많다. 네팔에 총 몇 위의 신이 있는지는 네팔 사람들도 잘 모른다고도 하고, 네팔의 인구보다도 많을 거라고 전해지기도 한다. 아무리 많아도 대답 없는 신은 답답했던지 살아 있는 여신까지 만들어낸 게 네팔 사람들이다. 살아 있는 여신을 쿠마리라고 하는데, 쿠마리의 집도 이 구왕궁 광장 근처에 있다. 쿠마리의 집 역시 목조로 된 2층 건물이고 반듯한 안마당을 에워싼 미음자 구조로 돼 있다.

쿠마리는 네팔에 있는 여러 종족 중 특히 네와르족이 믿는 여신이라고 한다. 쿠마리는 처음부터 여신으로 태어나는 게 아니라 점성가, 승려, 브라만 등으로 구성된 전형 위원회에 의해서 선출된다. 뽑힐 자격으로는 하자 없는 집안, 깨끗한 피부, 완벽한 건강, 단정한 용모 등 여러 가지 까다로운 조건이 있는데 가장 중요한 것은 아직 생리가 없어야 한다는 것이다. 사춘기가 되어 생리가 시작되면 당장 여신의 자리에서 평범한 소녀의 자리로 격하돼 궁에서 나와 학교도 갈 수 있고, 시집도 갈 수 있다. 빈 쿠마리의 자리는 같은 절차를 밟아 다시 선출된다.

쿠마리를 믿는 힌두 교도들은 일정한 절차를 거쳐 접견을 할 수 있고 쿠마리로부터 축복을 받고 나면 행운이 온다고 믿고 있어 국왕도 축복을 받으러 온 일이 있다고 한다. 특히 1955년경 당시의 국왕이 왕자와 함께 쿠마리의 축복을 받으러 왔는데, 쿠마리가 왕은 축복을 안 해주고 왕자만 해준 이야기는 유명하다. 그러고 나서 얼마 안 있다 왕이 서거하고 왕자가 왕위에 올랐다니, 쿠마리의 신통력을 믿고 싶은 사람들이 쿠마리가 틀림없이 여신이라는 움직일 수 없는 증거로 삼기에 충분한 이야깃거리였을 것이다.

풍문이나 우연이 신화가 되기 위해 걸리는 시간이 그닥 길지 않다는 걸 황당해하는 건 여행자의 몫이고, 이곳 사람들은 아주 진지하다. 이방인도 쿠마리의 집 안마당에서 기다리면 쿠마리의 얼굴을 볼 수 있다고 해서 들어가니, 마당에 빽빽이 들어찬 관광객들이 2층을 향해 고개를 길게 빼고 있다. 2층 중앙이 쿠마리의 방이다. 그동안에도 귀부인풍의 여자들이 표정을 경건하게 가다듬고 쿠마리를 찾는 것을 볼 수 있다. 관광객들에게는 집 안까지 들어가 접견을 하는 것이 금지돼 있다. 기다린

다고 아무 때나 쿠마리를 볼 수 있는 게 아니라 쿠마리가 보여주어야 볼 수 있고, 보여주고 말고는 쿠마리 마음이다. 쿠마리의 집 안마당에서 줄기차게 그녀가 창문으로 나타나기를 기다려야 한다. 기다리다 지치면 돈을 내놓기도 한다. 재촉의 뜻이다. 마당 한가운데는 그런 돈을 얹어놓을 자리도 마련돼 있다. 드디어 열 살 전후로 보이는 화장을 짙게 한 소녀가 2층 창문으로 상반신을 잠깐 비쳤다가 웃지도 않고 사라진다. 화장을 하고 옷을 곱게 차려입긴 했지만 살아 있는 여신을 연출할 목적으로 꾸민 옷 같지는 않다. 표정도 놀이도 금지된 그 나이의 소녀가 지음직한 짜증스러운 표정이어서 도리어 자연스럽다. 사진을 찍는 것은 금지돼 있다. 딸이 쿠마리로 선출되면 가족들의 생활이 보장되고 쿠마리 궁에서 같이 살 수 있다지만 우리보기에 그리 호사스러운 생활을 하는 것 같지는 않다.

어린 소녀가 여신으로 대접받다가 평범한 생활로 돌아가는 게 과연 가능할까 싶어 이 쿠마리 신앙이 잔혹하게 느껴지는 걸 어쩔 수가 없다. 국가는 은퇴 후의 쿠마리까지 후하게 대접하고 보살핀다니까 그런 걱정은 물론 정신적인 후유증에 한해서이다. 정신과 의사라면 한번 추적해보고 싶은 게 호기심 이전의 직업의식일 것이다. 이대 의과대학 정신과 의사 이근후 박사가 바로 그런 분이 아닌가 싶다. 이 박사는 전생에 네팔 사람이었을 거라는 놀림을 받을 정도로 네팔과 네팔 문화를 사랑하고, 아직은 현대 의학의 혜택을 받는 사람이 극소수인 네팔 사람들을 위해 매년 의료봉사단을 이끌고 네팔을 방문하는 네팔통이기도 하다. 그의 저서 『신은 우리들의 입맞춤에도 있다』 안에 쿠마리에 대해 자세히 나와 있어 여기 잠깐 소개하고 넘어갈까 한다.

구왕궁 광장 쿠마리 집에 사는 쿠마리는 쿠마리 중에서 가장 숭배를 받는 로열 쿠마리이고, 네와르족이 사는 지방마다 별개의 쿠마리가 있는데, 지금까지 추적된 것만도 무려 열한 명이나 된다고 한다. 그런 지방 쿠마리 중의 은퇴한 '단'이라는 쿠마리를 만난 얘기는 섬뜩할 정도로 충격적이다. 이 박사가 단 양의 소문만 듣고도 놀란 것은 은퇴는 했지만 무려 33세까지 쿠마리 자리에 있었다는 사실이었다. 즉 33세까지 생리가 없었다는 뜻이었고, 은퇴 후 지금(38세)까지도 생리가 없다는 것이었다. 이 박사는 단 양과의 대면 광경을 이렇게 적어놓고 있다.


　내 시야에 들어온 은퇴한 쿠마리 단 양은 무표정한 얼굴에 거의 카타토니아(긴장성 증후군을 나타내는 정신분열증의 일종)에 가까운 자세로 밀랍 인형처럼 자그마한 가마 안에 웅크리고 앉아 있었다. 이런 자세로 38년의 세월을 흘려보냈다니 인간적인 연민과 함께 분노가 치솟았다. 신의 보살핌을 받아야 할 내가 살아 있는 신을 향해 야릇한 분노를 느끼는 것은, 신이라는 굴레를 뒤집어씌워 팽개쳐둔 인간의 짓거리가 미워서였을 게다. 아무리 신이라고 우겨도 제격이 아닌 이 쿠마리는 오랜 틀 속에 자신을 가두어둔 탓인지 정상인으로서의 사고나 감정, 행동, 판단과 현실감을 이미 잃고 있었다.

　( … )

　나는 쿠마리 단 양 앞에 무릎을 꿇고 존경의 뜻을 표했다. 기계처럼 쿠마리의 오른손이 움직이더니 이마에 티카를 칠해주었다. 티카의 찬 느낌과 그녀의 손가락에서 순간적으로 전해지는 체온이 뒤섞여 싸늘한 기운이 발뒤꿈치까지 전류 흐르듯 퍼졌다. 또 한 번 소름이 끼쳤다.

거기까지 추적을 할 순 있었지만 치료는 불가능한 한계성에 대한 분노와 무력감이 너무도 절절히 와 닿는다. 그건 물론 의사로서의 무력감이라기보다는 문화적 벽에 대한 무력감이고 남의 종교도 존중해야 한다는 양식에서 우러난 갈등일 것이다. 나로서는 어떤 문화에서고 마지막까지 남는 희생양은 여자라는 게 참담하게 느껴졌다.

쿠마리의 집만 빼면 구왕궁 광장과 그 주변은 번화하고 활기차고 생기가 넘치는 고장이다. 한 길도 넘는 머리를 늘어뜨리고 순례자 복장을 한 요기들은 사진을 찍자면 기꺼이 응해주지만 꼭 돈을 요구한다. 그들이 진짜 요가나 명상을 하는 요기들인지 잘은 모르지만 차리고 있는 어마어마한 복장만은 아주 그럴듯하다. 얼굴에 마마귀신처럼 무서운 칠을 하고 있는 요기도 있지만 표정은 밝고 어느만큼은 장난스럽기도 하다.

아주 빈약한 상품을 들고 다니는 소년들도 꼭 팔아야겠다는 악착같은 태도는 찾아보기 힘들다. 흥정하는 걸 그쪽에서 즐기니까 이쪽에서도 괜히 수작을 붙여보고 싶은 생각이 든다. 그런 잡상인들 때문에 발길을 제대로 옮길 수 없는 데가 이 근처

이지만 괴롭지는 않다. 들고 다니는 행상만 있는 게 아니라 좌판을 벌인 노점상들도 끝이 안 보이게 늘어앉아 손님을 부른다. 나무나 야크 뼈, 은, 구리, 가죽, 색색의 준보석을 세공한 장신구들과 일용 잡화, 삽화가 요상한 책들, 이국적인 장식품과 그릇들이 믿을 수 없을 만큼 싸다. 또 깎는 맛도 쏠쏠하다. 한번 네팔을 다녀온 후 그런 것들을 실컷 사지 못한 게 후회스러워 또 가려고 벼르는 사람도 본 적이 있다. 그렇다고 한군데서 한꺼번에 왕창 살 필요는 없다. 사람의 발길이 닿을 수 있는 곳이라면 첩첩산중까지 널린 게 그런 값싸고 근사한 장신구들이다.

그런 장신구나 기념품은 아무리 많이 사도 하루에 1천 루피를 다 쓰지 못한다. 1천 루피면 달러로 20달러쯤 될 것이다. 환전은 호텔에서 하는 게 안전한데 네팔 통화는 인도와 마찬가지로 루피이다. 호텔이라 해도 누가 1백 달러만 환전을 해가도 그 다음 사람은 바꿀 돈이 없어서 다음 날 오란 소리를 듣기 십상이다. 우리 가이드는 옆에서 20달러 이상은 바꾸지 못하도록 처음부터 주의를 준다. 일주일쯤 머문다 해도 그 정도의 용돈으로 충분하다는 것이다.

20달러보다 더 쓸 용의가 있다면 노점상이 즐비한 광장에서 중세풍의 상점 거리 바자 안에 들어가보는 것도 재미있다. 양쪽에 늘어선 목조건물들은 구왕궁보다 더 나이가 먹은 듯 삐딱하다못해 곧 앞으로 쏟아져 내릴 것 같은 집도 있다. 거의 다 이층집인데 그렇게 허술하건만 누구 하나 걱정하는 사람 없이 열심히 장사를 하고, 한가한 집 없이 고루 흥청대는 것도 신기하다. 혼자서 집 무너질 걱정을 하면 무엇하랴 싶어진다. 본고장 사람들의 무신경이랄까, 낙천적 성격에 곧 감염돼버리고 말기 때문이기도 하지만, 목조라는 게 그만큼 위기의식을 덜어준다.

그 거리 1층에서는 차, 향료, 식료품, 토산품 등을 팔지만 2층으로 올라가면 카펫, 손으로 뜬 양털 스웨터 같은 걸 판다. 우리로 치면 도매상처럼 많은 물건을 쌓아놓고 있다. 아주 편안하고도 재미있게 생긴 바지가 있는가 하면, 체크무늬가 그럴싸한 남방도 있다. 특히 손뜨기 스웨터는 무늬도 세련되고 두툼하고 부드러운 게 우리나라의 월동용으로도 꼭 하나 갖고 싶은 물건이다. 짐이 된다고 생각하면 처음부터 갈아입을 옷은 안 가지고 가서 사 입고 다니는 것도 좋을 것이다. 나중에 공항에서 보면 백인 관광객들은 우리에 비해 짐이 거의 없다. 아이들을 거느린 가족 단위의 관광도 짐이 보잘것없는데, 다들 네팔에서 산 옷들을 멋들어지게 입어내고 있다. 어떻게 그렇게 잘 어울리는지 샘이 날 지경이다. 값도 루피로 말하는지 달러로 말하는지 헷갈릴 정도로 싸다. 하도 비싼 옷만 보다가 이게 꿈인가 생신가 가슴이 막 울렁거릴 적도 있다. 그런데도 짐 될 것이 무서워 못 산다는 건 어리석은 일이고, 돌이킬 수 없는 일이다.

그러나 여기서 왕창 20달러를 다 써버려선 안 된다. 카트만두 쇼핑의 천국은 단연 다멜 거리이다. 우리나라로 치면 인사동 거리와 압구정동 거리를 합쳐놓은 것 같은 데니까 물건값도 비싼 편이고 질도 좋아 보인다. 보석상 쇼윈도에 내걸린 장신구는 아라비아 공주의 몸치장을 연상시킬 만큼 화려할 뿐 아니라 대담하고, 내걸린 카펫의 색상과 무늬는 우리나라에 흔한 벨기에산과는 댈 것도 아니게 세련되고 독특한 기하학적 무늬이다. 사슴 가죽 세무 사파리가 있는가 하면 부처님의 눈이나 히말라야 도안을 손으로 수놓은 면 티셔츠도 있고, 정교하고 아름답게 그린 만다라도 있다.

　다멜 거리는 네팔 사람에게는 그림의
떡인 외국인 상대의 거리라고는 하지만
기죽을 건 없다. 여기서 20달러로 해결
안 되는 건 아마 세무 사파리 정도일 것
이다. 수놓은 면 티셔츠는 10달러면 다
섯 장도 살 수 있다. 나는 거기서 인디언
무늬의 색상이 근사한 면 주름치마를
10달러에 여섯 장을 사기도 했다. 처음
에는 10달러에 석 장을 사고 나서 딴 가
게에서 배짱으로 그 반값을 불렀더니,
그래도 가지고 가라고 해서 나는 완전

히 치마 장사가 돼버렸다. 우리 일행 중 한 분은 세무 사파리를
사서 여행이 끝날 때까지 입고 다녔다. 우리나라 돈으로 5만 원
정도라면서 큰 횡재를 한 것처럼 자랑을 하는데 그렇게 행복해
보일 수가 없었다. 쇼핑이 스트레스 해소가 되는 것은 남녀가
따로 없나 보다.

　그러나 서로 얼마에 샀나를 비교하다 보니 너무 깎게 된 것이

그리 잘한 일 같지는 않다. 국내에서 하찮게 쓰는 몇백 원을 가지고 우리끼리 경쟁을 하는 것은 재미라 쳐도, 현지인에게 적절한 이익을 보장해주고 마음도 덜 상하게 하는 것은 그들보다 몇십 배의 국민소득을 가진 우리가 지킬 바 체통이 아닐는지. 큰 가게에서 장사를 하는 사람들은 거의 남자들이지만 상품의 대부분이 수공예품인 걸 보면 잘살기 위한 여자들의 수고가 후진국일수록 혹독하다는 게 경험으로 와 닿는다.

# 3

# 번뇌의 집요함

카트만두의 다음 볼거리는 스와얌부나트 사원이다. 작은 언덕 위에 있는 이 흰 사원은 시내에서 올려다봐도 아름답지만 360여 개의 돌계단을 올라서 내려다보는 경치 또한 아름답다. 카트만두 최고(最古)의 이 불교 사원은 차로도 올라갈 수 있지만 돌계단을 걸어서 오르는 것이 좋다. 양쪽에 서 있는 각종 신상을 볼 수 있기 때문이기도 하지만, 성취감을 위해서도 그 정도는 걷는 게 좋다.

　계단을 다 오르면 부처님의 눈과 마주칠 수가 있다. 이 불탑의 상징인 그 눈은 사방으로 그려져 있다. 우리도 한번 그 눈이 되어 언덕에서 바라본 시가의 전망은 베일을 쓴 것처럼 아련하고 신비롭다. 매연인지 안개로 흐려 보이는 것도 이 도시가 생겨난 전설과 잘 어울려 신비감을 더해준다. 이 도시는 원래 호

수였는데 문수 보살이 나타나 호수의 물을 빼내고 사람이 살 굳은 땅을 만들었다고 한다. 매연 속에 잠긴 도시가 물이 서서히 빠지기 시작하는 호수 속의 도시처럼 환상적이다. 이 사원은 일명 원숭이 사원(Monkey Temple)이라고도 한다.

경내는 참배객들이 들끓다시피 많고, 마당에 있는 작은 방들에서는 우리의 푸닥거리 비슷한 의식을 행하는 데도 있다. 스님 비슷한 사람이 전면에 앉아서 종을 흔들며 경을 외고 여자들이 옆에서 합장하고 같이 중얼거리기도 하고 절도 하는 게 어려서 본 푸닥거리하고 거의 똑같다. 집안에 우환이 있으면 병원에 가는 것보다 그렇게 하는 게 더 보편적이라고 한다. 그런 푸닥거리 형식의 기도를 하는 곳이 여러 곳 있는데 닭의 모가지를 비틀어 피가 낭자한 곳도 있다.

다음은 보드나트 사원, 시의 북동쪽 약 8킬로미터 지점에 있는 이 불탑은 영화 〈리틀 부다〉에 나와서 더 유명해진 불탑이다. 이 세계 최대의 불탑은 네팔 건축 특유의 바리를 엎어놓은 형상의 반구(半球) 위에 쌓아올린 네모난 단의 사면에 커다란 눈이 그려져 있어 눈동자 절이라고도 한단다.

스와얌부나트 사원과 함께 불교의 성지로서 특히 티베트에서 온 순례자가 많이 눈에 띈다. 그 소박한 사람들이 오체투지할 때 까는 대문짝 크기의 널빤지가 사람의 몸 모양으로 패어있는 걸 보면 오히려 내던져도 내던져도 내던져지지 않는 인간의 욕망과 번뇌의 집요함을 보는 것 같아 마음이 아릿해진다. 옴마니반메훔을 외고 외벽을 둘러싼 마니차를 돌리며 사원을 천천히 도는 사람들도 티베트 사람들이다. 이 사원 근방의 상점들도 다 티베트풍이다.

카트만두에는 티베트 난민촌도 있다. 1959년 달라이 라마 망명 후 고국을 떠난 티베트 사람들은 인도뿐 아니라 네팔에도 정착해 살고 있다. 난민촌 하면 텔레비전이 흔히 보여주는 종족과 종교 분쟁 또는 가뭄과 기아로 제 고장을 떠난 아프리카 여러 민족들의 비참한 생활상을 연상하게 되는데, 티베트 난민촌은 아주 밝고 정갈하게 정돈돼 있다. 그 안에는 피난 와서 태어난 아이들의 교육을 위한 학교도 있고, 카펫 공장도 있다. 2세들에게 조국의 전통과 문화를 전승하기 위해 티베트 사람들이 손수 만든 학교라고 한다.

카펫 공장에서는 카펫 짜는 것을 볼 수도 있다. 나이 어린 소녀들이 털먼지를 마시며 그걸 짜는 것이 안쓰러워 보였지만 소녀들의 표정은 밝고 늠름하다. 아마 난민촌에 적지않은 보탬이 될 것이다. 관광객들의 눈을 즐겁게 해주고 탐나게 하는 카펫이 여기서 이렇게 나오는구나 싶어 소녀들이 장해 보인다. 사는 집은 단층으로 나란히 붙여 지었는데 주위가 정갈하여 피난민들이 사는 곳이라는 생각이 조금도 안 들었다.

문이 열린 집을 그냥 들어가보았더니 주인은 조금도 놀라지 않고 들어오라고 하면서 뭔가 마실 것을 권하려고 했다. 장 위에는 불상이 있고, 식탁 위의 바구니에는 집에서 구운 것 같은 밀가루 과자와 함께 양주병까지 있었다. 풍족하고도 화해로운 축제 분위기였다. 그때가 마침 음력설 기간이었다. 그들도 음력설을 쉰다고 했다. 길을 다니는 아가씨들도 옷을 잘 입고 화장을 예쁘게 하고 있었다.

난민들의 의식이 충족되고 심성이 이지러지지 않은 걸 보니까 난민들이 몸 붙인 이 나라가 얼마나 괜찮은 나라인지 알 것 같았다. 물론 조국을 등진 티베트인 스스로의 절치부심의 노력이 먼저였겠지만 나그네가 남의 나라에서 제 나라의 문화와 정신을 떳떳하게 지켜 나가려면 주인 노릇하는 나라의 인심이 교만하거나 까탈스럽지 않아야 되니까.

난민촌을 다녀 나오는데 우리 버스 옆에 입이 떡 벌어지게 장이 서 있었다. 우리가 도착했을 때도 없던 장이었다. 관광객이 왔다는 걸 알고 재빠르게 벌인 장터였다. 티베트 부녀자들은 혼자서도 당장 장을 잘 벌인다. 배낭에다 목걸이, 팔찌 등 장신구를 넣어가지고 다니다가 관광객을 만나면 하나둘 꺼내 보이는 척하다가 다 쏟아놓으면 눈 깜짝할 새에 좌판이 벌어진다. 여기선 마을 부녀자들이 다 나왔으니 큰 장이 설 수밖에 없었고, 우리는 안 사고는 못 배겼다. 하루 50루피 벌기도 어려운데 그들이 세운 학교 학비가 1년에 2천 루피도 더 든다는 애절한 호소를 단지 장사꾼의 우는 소리로만 받아들일 수 없는 게, 우리야말로 자식 가르치는 데 있어서 이 지구상에서 둘째가라면 서러운 민족 아닌가.

난민촌 입구에는 중국의 티베트 점령에 항의하고 자주독립을 외치는 영문으로 된 호소문이 붙어 있다. 달라이 라마의 어

록에서 따온 말 같았다.

오늘 살 줄만 알았지 내일 죽을 줄 모른다는 말이 있다. 힌두 문화권에서는 그렇지도 않은 것 같다. 그들의 사는 모습을 구질구질한 면까지 천연덕스럽게 보여주듯이 죽어 빈 껍데기가 된 시신이 아주 한 자락의 바람으로 무화되는 과정도 천연덕스럽게 보여준다. 윤회를 믿기 때문일까.

카트만두에서 동쪽으로 그리 멀지 않은 곳에 힌두교의 성지인 파슈파티나트 사원과 화장장이 있다. 사원은 힌두교도 아니면 못 들어간다. 신발을 벗어야 들어가는데 하이힐을 신고 온 멋쟁이 아가씨가 사원을 참배하고 나와서 새까매진 발바닥을 바그마티 강에서 씻고 나서 다시 구두를 신는 모습도 볼 수 있다. 바그마티 강 건너는 바로 화장장이다. 화장장이 있을 정도의 강이라면 곧 인도의 갠지스 강을 연상하겠지만 그런 큰 강과는 댈 것도 아닌 개천 규모의 작은 시냇물이다. 그래도 흘러 흘러 갠지스 강에 다다르는 성스러운 강으로 여겨지는 것 같았다. 내가 갔을 때는 건기(乾期)라 더러운 물이 가운데로만 조금 흐르고 있었다.

그래도 강을 따라서 화장을 할 수 있는 터가 마련돼 있고, 빈데도 있지만 장작을 쌓아놓은 데도 있고, 시신에 불이 댕겨지고 누릿한 냄새를 풍기며 불이 붙은 데도 있다. 시체를 관에 넣는 데 익숙해진 우리 눈은 헝겊으로 말았는지 옷 입은 채로인지 인체의 모습이 그대로 드러난 시신을 차마 바로 보지 못한다. 코를 싸쥐고 외면을 하고서도 신경은 거기 가 있다. 보고 싶은 건지 안 보고 싶은 건지 잘 모르겠다. 시체 곁에서 우는 사람이 있는지, 상주는 있는지, 조문객은 몇이나 되는지, 어떤 얼굴들을 하고 있는지 혹시 그런 너절하고 잡스러운 것들이 알고 싶은지도 모르겠다. 그러나 관광객들 외엔 그런 데 관심 있는 사람은 아무도 없다.

거기서 시체가 타든지 말든지 강가에선 이곳 사람들의 일상적인 삶이 계속되고 있다. 빨래를 하는 사람도 있고, 몸을 씻는 사람도 있고, 심지어는 아들의 머리를 깎아주는 아버지도 있다. 기념품 장사도 있고 어슬렁거리는 요기도 있다. 사원을 참배하고 나왔는지 한가로이 왔다 갔다 하는 옷 잘 입은 사람들도 많다. 아주 번화하고도 열린 고장이다. 이곳까지 임종을 위해 와

있는 노인들도 많아, 그런 노인들이 죽음을 기다리는 집도 있다. 그런 노인들은 아마 안 죽고 있는 동안 매일매일 죽음을 예습할 수 있으리라. 실제 죽음이 복습이 되면 혹시 덜 힘들까. 늙으면 친구의 부음이 가장 큰 충격이 되는 우리나라 노인들하고는 너무도 다르다.

화장터에서 계단을 올라가면 벽돌로 지은 작은 전각이 즐비한데 그 안에 모셔져 있는 건 남성 성기와 여성 성기를 조형화한 조각품이다. 같은 전각에 같은 조형물이 일렬로 쭉 늘어서 있다. 성이 모티브가 된 조각이나 회화나 부조는 수도 없이 보았지만 화장장 바로 옆에 있는 이 적나라한 조형물은 무슨 뜻일까. 이곳 사람들이 성의 자유로운 표현으로 이미 오래전에 성적인 억압으로부터 자유스러워졌다고 생각되는 건 사실이나, 이건 성기 그 자체였다. 연꽃과 보석 정도의 꾸밈조차 없이 말이다. 성적 합일을 모든 창조와 생성의 원동력으로 보고 찬양하고 신성시하는 그들이니까, 죽음이 곧 누군가의 성적 결합으로 들어가 새로운 탄생으로 이어지길 바란 거나 아니었을까. 그들의 꿈을 내 나름으로 해몽해보았다.

이런저런 생각을 하며 걷고 있는데 전각 그늘에서 얼굴에 뭔
가 너무도 흉측하게 쳐바른 요기가 튀어나와 나잇값도 못하고
꺄악, 비명을 지르고 말았다. 백 살은 먹은 것 같은 그 요기는
내 어깨를 두드리며 "노오 프로브렘, 노오 프로브렘" 하고 위로
를 한다. 물이 얼마 안 되는 강에서 여전히 아이들은 장난치고
어른들은 빨래하고, 순례자들은 건너가고…… 그래, 생로병사
가 이렇게도 천연덕스럽게 어우러질 수 있다면 이 세상에 무슨
문제가 있겠는가. 잠깐이지만 도통한 기분이 된다.

　카트만두에서는 히말라야가 보이는 날이 거의 없다는 게 섭
섭하면, 시 동쪽의 나가르코트라는 히말라야 전망대까지 가보
는 것도 좋을 것이다. 해발 2천 미터가 넘는 이 전망대에서는
에베레스트로부터 마나슬루, 안나푸르나의 웅장한 산군을 조
망할 수가 있다. 사철 눈 덮인 그 산맥은 새벽에 보는 것 다르
고, 낮에 보는 것 다르고, 해 질 때의 표정이 각각 다르다. 나가
르코트에는 하룻밤쯤 묵어갈 수 있는 시설도 괜찮은 편이고 또
자꾸 늘어나는 추세이다.

　히말라야를 좀 더 가까이 보고 싶으면 비행기 타고 구경하는

마운틴 뷰라는 관광 코스도 있다. 20인승 정도의 작은 비행기는 카트만두 비행장을 이륙해 동쪽으로 가면서 고도를 높인다. 동 진할 때는 왼쪽 창으로, 선회해서 돌아올 때는 오른쪽 창으로, 시야의 끝에서 끝까지 은백색의 최고봉들이 압도해온다. 선회 해서 되돌아오는 지점이 바로 에베레스트가 정면으로 보이는 지점이다. 그 장관은 뭐라고 말할 수가 없다. 그걸 카메라에 담 아보겠다고 오른쪽 창으로 쏠렸다, 왼쪽 창으로 쏠렸다 법석을 떠는 서양 사람들이 가소로워 보인다. 그 엄청난 박력은 카메라 보다는 가슴으로 지긋이 견디어내는 게 나을 것 같아서이다. 걸 리는 시간은 한 시간 가량 되는데 값은 아주 비싸다. 1백 달러 나 든다. 1백 달러가 얼마나 거액이라는 건 카트만두에 며칠 있 어봐야 깨닫게 되니까 마운틴 뷰는 그 전, 철 모를 때 해야 한 다. 며칠만 있으면 돈 가치를 알게 되고, 그러고 나면 앞으로 어 디서나 볼 수 있는 히말라야 산맥을 좀 더 가까이 보자고 그런 거액을 쓰는 바보짓 따위는 안 하게 된다.

4

# 치트완 국립공원

카트만두에 대해서 꿈꾸던 것을 만난 것은 카트만두를 벗어나고부터였다. 네팔은 히말라야 산맥이 남쪽으로 흘러내리는 사면(斜面)에 위치한 나라다. 에베레스트를 비롯한 칸첸중가, 마나슬루, 안나푸르나, 다울라기리 등 8천 미터가 넘는 산들이 몰려 있을 뿐 아니라 3천 미터 미만의 산도 무수하게 산재해 있는 험한 지형인지라, 교통편으로 버스나 항공이 발달해 있는 반면 철도가 없다. 험한 산, 아찔한 계곡, 울창한 밀림도 많지만 불규칙하게 산재한 분지와 평원에서는 논농사가 성하고 쌀의 질도 좋다고 한다. 석가의 탄생지로 전해지는 룸비니도 네팔 내에 있는데 석가의 아버지를 정반왕(淨飯王)이라 일컫는 것도 좋은 쌀과 관계가 있지 않을까 싶다.

　히말라야 산록에 형성된 광대한 밀림 지대엔 국가적 차원으로 보호하는 국립공원과 휴양 시설이 산재해 있는데 우리가 향하는 곳은 치트완 국립공원이었다. 버스로 거기까지 가려면 수많은 절경과 농촌과 시골 장터를 거치게 된다. 시골 장터도 카트만두의 시장처럼 유쾌하고 풍성하다. 갖가지 열대 과일이 싸고 맛있고 껍질을 아무 데나 벗겨 던져도 개나 염소 등 어슬렁거리는 짐승이 깨끗이 먹어치워준다. 신나게 풍악을 울려주는 풍각쟁이도 있고 웃통을 벗고 히죽히죽 웃는 미친 여자도 있다. 미친 여자를 아무도 구경하거나 놀리지 않아 혹시 심심하지 않을까 걱정이 된다. 내가 그런 걱정을 했더니 일행 중에 누군가가 너무 심심해서 이미 미쳤으니까 괜찮다고 눙쳐준다.

아무리 작은 마을에도 수호신당 한두 군데쯤 없는 곳이 없다. 화장실인 줄 알고 들어갔다가는 춤추는 여신상과 방금 희생으로 바친 듯한 낭자한 닭 피를 보고 기겁을 하기 일쑤다. 그러나 쩔쩔맬 필요는 없다. 만개한 유채밭 속에서 일을 보는 것도 운치 있다. 우리 일행은 아예 화장실에 가고 싶다는 의사 표시를 유채꽃 꺾으러 갑시다로 통일했다.

우리나라 계절로 1월이면 엄동설한인데 거기는 무르익은 봄이었다. 유채꽃이 만발하고 보리밭이 물결치고 나리꽃 모양의 주황색 통꽃인 나하리꽃이 온통 지붕을 뒤덮은 농가도 있었다. 유럽 농촌의 아름다움이 문명에 의해 재단되고 문명의 편리함을 내부에 내장한 계획된 아름다움이라면, 이곳 농촌의 모습은 5백 년 전이나 1천 년 전에도 그렇게 살았음직하게 단순 소박하고 한가하고 천연덕스럽다.

물론 유럽 농촌보다 훨씬 못살 것이다. 차나 자전거도 보기 드물지만 그 흔한 비닐이나 플라스틱 용기도 찾아보기 힘들다. 그렇다고 그들을 동정할 필요는 없다. 그들의 국민 소득이 2백 달러를 약간 넘어선 세계 최빈국 중의 하나라고 하지만 굶주리는 나라는 아니다. 자전거도 못 만들 정도로 공업적으로 후진국일 뿐 식량은 자급자족하고도 수출도 한다. 사람들이 순하고 낙천적이고 도무지 그악스러운 데라고는 없다. 주식을 비롯해서 과일, 채소 등이 엄청 싸고 흔하다. 관광객도 1달러만 있어도 밥과 시래기 나물과 감자와 닭고기를 곁들인 훌륭한 식사를 할 수가 있다. 그들이 하는 대로 오른손으로 밥을 뭉쳐가며 먹으면 더 맛있지만 외국인한테는 숟갈도 기꺼이 내준다. 서양 사람이 젓가락질을 어려워하는 것만치나 손가락으로 밥 먹기도 어렵다. 모래알처럼 헤지는 쌀을 요령껏 손가락으로 뭉쳐야 한다.

치트완까지 하루가 꼬박 걸려도 그동안이 신기하고 즐겁기만 하다. 국립공원이라고 해도 도처에서 입장료를 받게 돼 있는 우리의 협소한 국립공원하고는 다르다. 인도가 넘볼 수 없는 국경선 노릇을 착실히 해준 남부의 광대한(동서로 80킬로, 남북으로 23킬로) 정글 보호 지역이다. 국립공원을 거의 다 지나면 수량이 풍부하고 급류도 변하기도 하는 라프티 강이 나온다. 건기니까 망정이지 우기에는 굉장하리라 싶게 강폭이 넓다. 거기서부터 트럭으로 갈아타야 한다.

우리가 예약한 마찬 리조트는 밀림에서는 약간 높은 언덕 위 숲 속에 있었다. 초가지붕의 목조 오두막이 적당한 거리를 두고 산재해 있는 산간 마을풍의 휴양지였다. 집 앞에 붙은 문패는 밀림에 서식하는 새 이름이고, 멋진 발코니가 딸려 있다. 거기다 의자를 내놓고 바람을 쐬고 있으면 신선이 따로 없다 싶다. 빛나는 햇빛과 상쾌한 바람과 싱그러운 숲의 내음은 심신을 황홀하게 해준다. 단 이틀 밤의 숙소라지만 밀림 속에서도 조금도 튀지 않는 주위 환경과의 기막힌 조화는 또 얼마나 좋은지. 방 안에 편의시설이라고는 아무것도 없고, 전화도 걸 수 없고, 전기도 안 들어오는 것까지 마음에 든다. 밤에는 램프를 두 개씩 갖다준다. 낮에는 햇빛이 워낙 강렬해 기온이 높지만 밤에는 오들오들 떨릴 만큼 춥다. 난방 시설도 안 돼 있고 추위를 호소하면 핫팩을 하나씩 준다. 더운 물이 나오지만 낮 동안 태양열로 데운 거라 목욕은 잠자기 전에 해야지 아침엔 물이 식어서 안 된다. 창문에 커튼은 투박한 수직 면이고, 봉은 가느다란 대나무이다. 램프걸이 역시 대나무에 홈을 파서 천정에서 늘어뜨린 것이다. 방을 밝혀주는 석유 외에는 석유 문명의 산물이 하나도 눈에 안 띄는 게 그렇게 좋을 수가 없다.

사파리는 코끼리를 타고 한다. 아직 가보지 못했지만 케냐 같은 나라에서는 밀림에도 호텔 시설이 훌륭할 뿐 아니라 사파리도 자동차를 타고 하는 것으로 알고 있다. 나는 코끼리 타고 하는 게 더 좋다. 밀림에 사는 짐승이라 해도 자동차를 겁내거나 이상해하지 않는다면 그건 이미 야생동물이 아니지 않을까. 문명의 이기 앞에서 보여주는 거라면 자신의 타고난 본성대로라기보다는 쇼에 가까운 것일지도 모른다. 보지도 못한 것을 헐뜯으려는 것이 아니라 코끼리를 탄다는 것이 너무 좋아 그렇게 흥분을 하고 말았다. 맹수가 나와도 겁날 것도 없지만 순한 동물을 쓸데없이 놀래킬 것도 없는 게 이 코끼리 타기이다. 이 밀림 안에는 사람이나 코끼리가 다닐 만한 길 외엔 찻길 같은 건 나 있지도 않다.

일행이 몇 마리의 코끼리에 나누어 타고 가다 보면 코끼리가 얼마나 많이 먹고 마시는지 그리고 엄청나게 싸는지가 적나라하게 보인다. 항문 지름이 30센티미터도 넘게 열리면서 유유히 배설을 한다. 그걸 말려서 연료로도 쓰지만 집 짓는 데 진흙처럼 이용하기도 한단다. 사슴, 공작, 코뿔소, 곰 따위 동물들이 숲에서 우두커니 사람 구경을 하기도 하고 황황히 숨기도 한다. 호랑이를 비롯한 맹수도 살고 있다지만 우리 눈에 띈 적은 없다.

조류 탐사라고 해서 아침 일찍 걸어서 숲을 산책하는 코스도 있다. 걸어보면 거기 나무들이 얼마나 키 큰 거목인지 알 수 있다. 망원경이 없으면 나무 위에서 지저귀는 새소리를 들을 수는 있어도 보이지는 않는다. 남들이 보인다고 해서 자기도 보려다간 고개를 오래 지탱할 수가 없을 정도로 나무 끝은 아득하다. 나는 새보다는 나무끼리의 약육강식이 더 흥미 있었다. 밀림에서는 크고 잘생긴 나무들이 강자가 아니라 다른 나무를 감고 올라가는 덩굴나무가 강자였다. 남을 칭칭 감고 올라가면서 그 나무가 고사할 때까지 사정없이 진을 빨다가 그 나무가 말라 죽으면 다시 그 옆의 나무로 옮겨간다. 한 덩굴나무가 몇 그루의 거목을 고사시켰는지 그 순서까지 보인다. 그만큼 자라는 데 몇 년이나 걸렸을까. 고층 아파트 높이로 자란 나무들도 감겨오는 덩굴나무한테 당해내지를 못하고 고사한 흔적들이 여기저기 고스란히 남아 있다.

통나무를 깎아 만든 카누로 급류를 타는 스릴도 밀림 사파리에서 빼놓을 수 없는 재미이다. 히말라야 눈 녹은 물은 신성한 갠지스 강의 무수한 지류가 되어 이 나라 도처를 흐르고 있고, 지형상 아찔한 급류가 많다. 버스 타고 오는 동안도 래프팅을 즐기는 외국의 젊은이들을 심심찮게 볼 수 있었고, 참 젊어서

좋다고 그들의 모험을 부러워했었는데 내가 해보게 될 줄이야.
치트완 국립공원의 한가운데를 흐르는 라프티 강도 상류는 급
류 타기에 적당할 뿐 아니라 무수하고 진귀한 새 떼들의 서식
지가 되어주고, 코끼리의 양식인 갈대숲을 기르고, 밀림의 젖줄
이 되고 있다.

밤에는 세계 각국에서 모여든 사람들이 한자리에 모닥불을
피워놓고 민속춤을 감상하다가 나중에는 한데 어울려 흥겨운
춤판이 벌어진다. 원하는 사람 누구에게나 나눠주는 나무로 된

간단한 리듬 악기로 장단을 맞춰가면서 한바탕 광란의 춤을 추고 나면 문명 사회의 온갖 억압을 훨훨 벗어던지고 원시로 복귀한 것 같은 건강한 해방감을 맛보게 된다.

우리 일행은 네팔식 명상법을 지도하는 네팔인 스승님과 동행하면서 매일매일 한 가지씩 단계적으로 명상 지도를 받고 있었는데 치트완에서는 마침 다이나믹 메디테이션 차례였다. 가부좌하고 허밍을 하는 것으로부터 손끝 발끝을 흔드는 셰이크 메디테이션 등을 단계적으로 거친 후 거의 마지막 단계였다. 온몸이 흠뻑 젖을 정도의 격렬한 운동 끝에 맨땅에 사지를 펴고 누워 취한 휴식의 완벽함은, 살아서 맛본 흙으로의 고즈넉한 회귀(回歸)였다.

# 5

# 포카라

그러나 뭐니 뭐니 해도 네팔 여행의 진수는 포카라에 다다라야 비로소 맛보게 된다. 치트완에서도 히말라야의 연봉을 바라볼 수 있지만 포카라에서는 장엄한 설산이 마치 포카라를 에워싸고 있는 것처럼 가깝게 볼 수가 있다. 티베트에서 본 설산 다르고, 비행기 타고 본 설산 다르고, 포카라에서 본 설산이 다른데, 포카라에서 본 설산이 가장 아름답다. 돈 내고 비행기 타고 본 게 후회될 정도로 아름답다. 티베트에서 본 설산의 표정은 엄혹한데 포카라에서 보면 상냥하고 우아하다. 티베트에서는 5천 미터쯤 히말라야를 기어 올라가다가 보는 셈이니까 훨씬 현실적이지만, 새는 노래하고, 나무들이 우거지고, 온갖 꽃들이 만발한 봄의 한가운데서 보는 설산은 환상적이다.

포카라는 휴양지이자 트레킹의 출발지이기도 해서 숙박 시

설도 많고, 음식점 기념품 가게도 카트만두 못지않게 많다. 그 중에도 거대한 자연 호수 안에 있는 섬을 뗏목을 타고 들어가면 '피시 테일 로지(Fish Tail Lodge)'라는 숙박 시설이 나오는데 말이 로지지 시설과 환경이 일급 호텔 못지않게 빼어나다. 단층집이 적절하게 배치된 넉넉한 휴식 공간과 정원에는 한련, 백일홍, 수레꽃, 양귀비, 부겐빌레아, 나하리 등 색깔 짙은 꽃들이 지천으로 피어 있고 고개만 들면 이름만 듣던 안나푸르나, 다울라기리, 마차푸차레의 눈부신 설봉을 바라볼 수가 있다. 포카라에서도 이 섬처럼 그 설산들이 가깝고 아름답게 잡히는 곳은 다시 없다.

제일 가깝고 크게 보이는 마차푸차레는 7천 미터급의 봉우리지만 네팔인들이 신성시해서 외국인이건 자국인이건 입산을 금지하는 산이라고 한다. 생선 꼬리처럼 생겨서, 마차푸차레라는 이름도 네팔어로 생선 꼬리라는 뜻이고, 피시 테일이라는 로지 이름도 거기서 유래된 듯했다.

이 피시 테일 로지가 진짜로 명당 자리인 까닭은 거울 같은 호수에 비친 설산과 진짜 설산을 동시에 감상할 수 있는 데 있다. 달 밝은 밤 호수에 비친 달과 거꾸로 비친 설산도 이 세상 풍경이라고는 믿기지 않는 신비경이지만, 새벽에 호수에 배를 띄우고 피어오르는 물안개 속에서 새 떼가 무리 지어 방금 창조된 것처럼 힘차고 아름답게 날아오르는 걸 보면, 내 몸도 기쁨으로 폭죽처럼 폭발해버릴 것 같은 위기의식마저 느끼게 된다. 그때 딴 배에 탄 우리 일행 중 한 분이 이 세상을 창조한 하나님을 찬양하는 찬송가를 힘찬 미성으로 불렀다. 아무 데서나 부르면 덜떨어진 사람 취급당하기 십상인 게 찬송가다. 그러나 그때는 거기서 부를 수밖에 없는 유일한 노래가 되어 우리를 감동시켰다.

우리 일행 중 무뚝뚝하여 말 붙이기가 어려웠던 의사 선생님 한 분은 달밤에 하늘의 달과, 호수 속의 달을 번갈아보며 어, 어, 탄성을 지르더니 호수로 어정어정 걸어 들어갔다. 물론 얼른 붙잡아서 아무 일도 없었지만 그 어려운 분을 두고두고 놀려먹을 수 있는 유쾌한 사건이 되었다.

새벽 호수에서 둥실 피어오른 물안개는 어느 틈에 안나푸르나 연봉에 이르러 가벼운 새털구름이 되기도 하고, 마차푸차레

사면을 휘몰아치는 사나운 눈사태의 일부가 되어 소멸하기도 한다. 그러나 말만 오두막이지 영국 왕실이 다녀간 걸 자랑하는 이 휴양 시설은 일급의 호텔과 마찬가지로 비싸고, 식당 등 부대 시설도 잘 돼 있어서 네팔 여행 중 한 번이나 해볼 만한 사치에 속한다.

피시 테일 로지가 없다고 해도 포카라를 빼놓을 수 없는 것은 거의 모든 트레킹 코스가 포카라에서 비롯되었기 때문이다. 바퀴를 비롯한 문명의 도구나 특별한 장비 없이 두 다리만 믿고, 그러니까 자연에 아무런 해도 안 끼치는 무공해로 몇 날 며칠을 걸어도 끝나지도 않고 싫증도 안 나게 되어 있는 트레킹이야말로 네팔 여행의 하이라이트이다. 설산이 시작되는 5천 미터까지는 트레킹이 가능하고 그동안은 거의 농경지나 마을을 거치게 되어 있고 길도 마을 사람들이 다니는 흙길이다. 완만한 오르막길이라는 것 말고는 어린 시절의 시골길 그대로이다. 유채밭, 무밭, 보리밭 등 텃밭 규모의 밭이 경사를 따라 층층으로 펼쳐져 있고 거기 몸 붙여 사는 사람들의 마을이 있다. 트레킹하는 사람들이 심심해하지 않을 정도로 나타나는 대여섯 호

정도의 마을은 집들이 옆으로 나란히 있지를 않고 상하로 나란히 있다. 식수가 있는 곳에 마을이 생기는데 대롱을 통해 물을 흘려보내기 좋게 마을이 그렇게 형성됐다고 한다. 가다 보면 잘생긴 당산나무도 있고, 벚꽃 종류의 꽃나무도 있지만, 그건 어디까지나 사람 사는 구색일 뿐 산의 경사면은 거의가 다 개간이 돼서 위에서 내려다본 밭두렁의 선은 꼭 등고선을 그려놓은 것처럼 보인다.

그런 고지대를 농토로 활용하고 있어도 우리의 화전민 땅처럼 흙이 척박해 보이지 않는다. 화학비료 공장은 있지도 않고 수입해 쓸 돈도 없다는데도 땅은 기름지다. 지대가 높아 해충도 없는지 푸성귀가 건강하고 아름답게 자라고 있다. 사람들이 위로 위로 올라가면서 마을을 형성하게 된 것도 여름의 저지대는 각종 물것과 해충이 많아 그걸 피하다 보니 그렇게 됐다고 한다. 물론 하루아침에 된 것은 아니고 오랜 세월에 걸친 산지의 농경지화는 네팔에서만 볼 수 있는 농촌 풍경이다.

집집마다 지붕에 시래기를 말리고 있는 것도 인상적이다. 시래기를 보면 가을 같고 유채꽃을 보면 봄이다. 동행한 한의사한 분은 밭의 흙을 양손에 한 움큼씩 움켜쥐고 이것이 보약이라고 찬양해 마지않으며 트레킹 하는 동안 줄창 놓지를 않았는데 그게 조금도 과장돼 보이지 않았다. 학교도 있고 구멍가게 수준의 가게도 있다.

학교 가는 아이들이 관광객을 보면 무얼 달라는 시늉을 곧잘 한다. 주로 볼펜을 갖고 싶어한다. 마침 볼펜이 없으니 연필을 주랴고 물으면 연필은 자기도 넉넉히 가지고 있다는 것이었다. 그럴 때는 괜히 미안해할 것 없이 우리도 초등학생은 연필만 쓴다고 넌지시 말해주는 게 좋을 것 같다. 볼펜에 대한 욕심은 관광객이 뿌린 해독일 뿐 그애들이 굶주리지 않는 것과 마찬가지로 공부할 수 있는 최소한의 여건이 결코 모자라는 아이들이 아닌 것이다. 학교가 비교적 자주 있고, 그 학교를 들여다보면 시설이나 선생님들의 열정으로 미루어 이 나라가 교육에 쏟는 정성이 만만치 않음을 알 수가 있다.

학교나 소박한 찻집 말고 그냥 농가도 얼마든지 들여다보고 말도 붙여볼 수 있다. 특히 부엌살림의 간략함이 눈에 띄는데, 부엌의 흙바닥이 집집마다 그렇게 정결할 수가 없다. 그저 쓸고 또 쓸어, 비록 흙바닥이지만 인절미를 굴려도 먼지 하나 안 묻게 간수하던 우리 어머니들의 살림솜씨가 새삼스럽게 생각난다.

나는 나이도 있고 여행사에서 짜놓은 일정도 있고 해서 아쉬운 대로 하루 만에 돌아오는 미니 트레킹에 그쳤지만, 트레킹의 한도 높이까지 다다르는 데 걸리는 기간은 체력에 따라 코스에 따라 제각각이라고 하는데, 일주일 내지 한 달도 걸린다고 한다. 5천 미터 높이까지도 텃밭 농토와 마을은 계속돼 숙박이나 사 먹는 데 아무런 불편이 없다고 한다. 그러니까 트레킹이란 현지인과의 친밀한 인간관계 없이는 불가능한 일이다. 그 사실은 매우 중요하고 값진 것이다. 히말라야의 무슨 무슨 봉우리를 정복했다고 자랑하는 기록적인 등반도 실은 한 등반대당 몇십 명 내지 몇백 명의 셀파를 부려야 가능하다는 것을 우리가 잊지 말아야 하는 것처럼 말이다.

요새 우리나라에서도 본격적인 등산 장비를 갖추고 정상에 이르러야 만족하는 본격적인 등산과 구별해서 좀 덜 모험적으로, 그러나 고되게 산을 걷는 걸 트레킹이라고 말하고 있지만, 그걸 최초로 개발한 것은 네팔이라고 한다. 그 목적도 외화 부족을 해소하려는 관광 유치의 일환이었다고 한다. 지금도 네팔 정부는 등산과 트레킹을 엄격하게 구별해서 6천 미터 이상의 정상을 정복하는 것을 등산으로 치고 그 이하를 걷는 걸 트레킹이라고 한다. 등산에는 여러 가지 제한을 가하고 아주 고액의 입산료를 징수하지만 트레킹은 여행자라면 누구라도 가벼운 마음으로 시도해보고 싶게 돼 있다. 그 대신 쉬엄쉬엄 가면서 이용하는 식당이나 숙박 시설에서 외화를 떨구기를 바라는 거니까 가면서 물이나 차도 사 마시고 요기도 하는 게 좋다. 주는 게 있으면 받는 게 있다고, 그러면서 접촉하는 시골 사람들로부터 얻는 게 많다.

작년에 이어 올해도 또 네팔을 다녀왔다. 별 볼일 없는 나라에 무엇하러 그렇게 자주 가느냐고 묻는 사람이 더러 있다. 나는 농담처럼 보약 먹는 대신 가는 여행이라고 말하곤 하지만 아마 진정한 휴식을 위해서일 것이다. 실상 온통 약탈한 것투성이인 세계 유수의 박물관이나 신자 없는 장려한 성당, 그림엽서하고 똑같이 가꾸어놓은 전원 풍경에 실컷 질리고 감동하고, 그런 문화를 가진 민족이니 뭐라도 배워야 할 것 같은 압박

감으로 그들의 일상적인 언행까지를 흘금흘금 관찰하게 되는 유럽이나 미국 여행이란 얼마나 피곤한가. 그렇다고 1만 불 시대의 부를 마음껏 으스대며 남을 마구 얕보거나 가르치려 들지 않으면 무절제한 쇼핑과 환락을 일삼는 동포들과 하루 몇 번씩 부딪혀야 하는 동남아나 중국 여행이 덜 피곤한 것도 아니다. 무시당할까 봐 전전긍긍하거나 무시하기에 급급하거나 피차 편안치 못한 관계이긴 마찬가지다.

네팔 여행은 그런 부담 없이 상대방의 문화를 있는 그대로 신기해하며 인정해주고 같이 즐길 수가 있어서 좋고, 우리나라에서는 꿈도 못 꿀 낭비를 와장창 하고 와도 경제적으로 타격을 입지 않으니 좋다. 트레킹을 하고 나면 책임감과 약속에 얽매인 사람 노릇과 공해로 질식할 것 같은 몸과 마음이 당분간은 견딜 수 있는 생기를 회복한 것처럼 느껴져서 또한 좋다. 요새도 뭔가로 별충을 해주지 않으면 도저히 참아낼 수 없을 것처럼 심신이 바스라졌다고 여겨질 때 떠나야지, 떠나야지 하고 거기서 누가 부르는 것처럼 마음이 달뜨는 것만으로도 위안이 된다.

네팔에서 어쩌다 우리나라 사람을 만날 수 있다면 그는 걸으러 온 사람이다. 그게 그렇게 반가울 수가 없다. 타는 사람보다도, 나는 사람보다도, 뛰는 사람보다도, 달리는 사람보다도, 기는 사람보다도, 걷는 사람이 난 제일 좋다.